Margarethe Alb

Wie der Kaiser im Porzellanladen

oder

Nachts im Dresdner Zwinger

Ein Weihnachtsmärchen
Aus der Reihe
„Zauberhafte Dresdner Weihnacht"

ZAUBERHAFTE DRESDNER WEIHNACHT

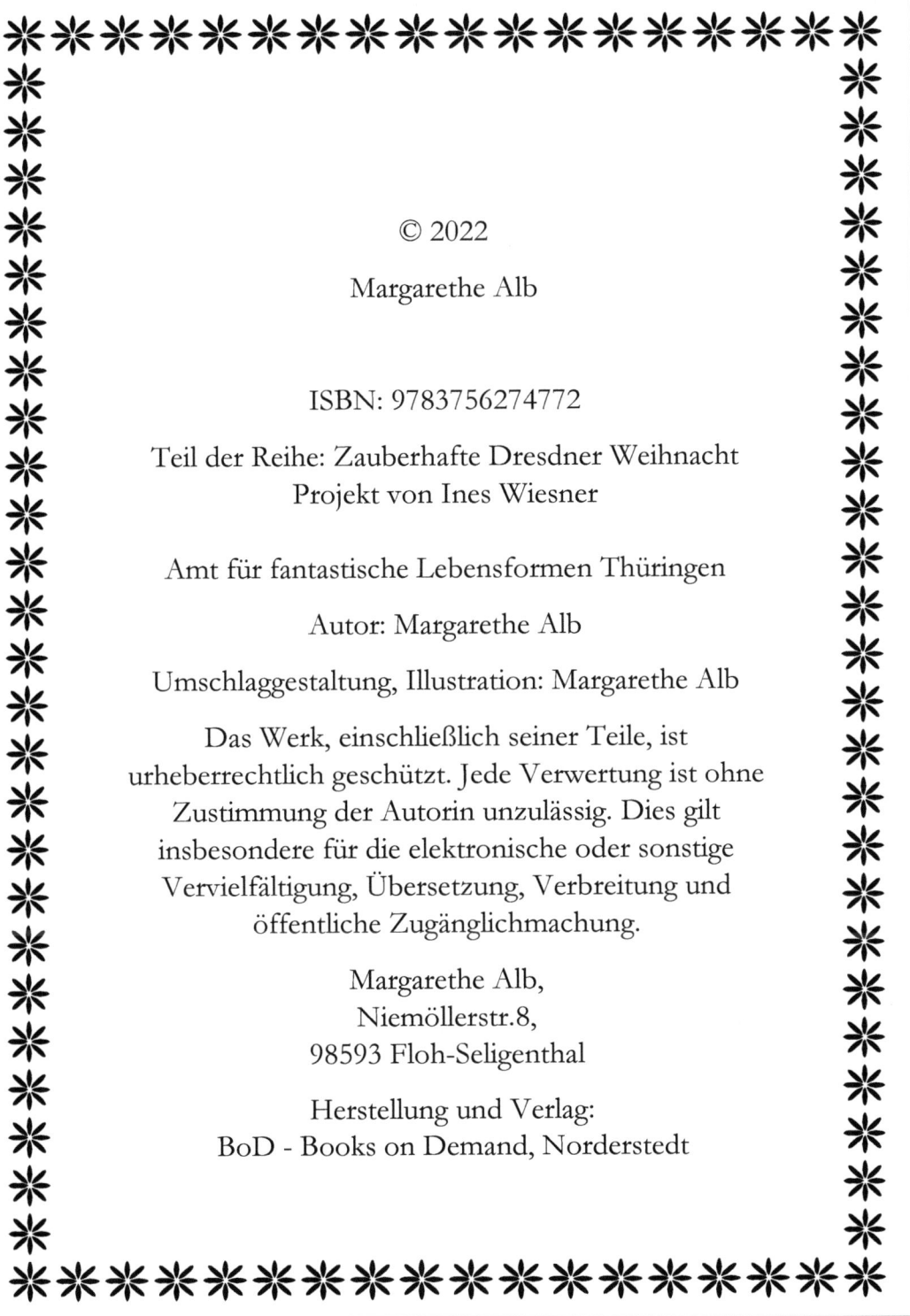

© 2022

Margarethe Alb

ISBN: 9783756274772

Teil der Reihe: Zauberhafte Dresdner Weihnacht
Projekt von Ines Wiesner

Amt für fantastische Lebensformen Thüringen

Autor: Margarethe Alb

Umschlaggestaltung, Illustration: Margarethe Alb

Margarethe Alb,
Niemöllerstr.8,
98593 Floh-Seligenthal

Herstellung und Verlag:
BoD - Books on Demand, Norderstedt

Inhalt

Vorgeplänkel zum Vorgeplänkel

Bevor es hier losgeht und die Puppen unter dem Weihnachtsbaum tanzen, muss ich mich unbedingt bei Ines Wiesner bedanken, der die Idee zur „Zauberhaften Dresdner

Weihnacht" gekommen ist. Sie hat es zu ihrem Herzensprojekt gemacht und nun dürfen Denise Bormann und ich die ersten Autorinnen sein, die unter dem wundervollen Label unseren Weihnachtssenf dazu abgeben. Herzlichen Dank liebe Ines!

Vorgeplänkel

Nach dem Einbruch der Dunkelheit geht im Dresdner Zwinger die Post ab. Als in der Nacht des 20. Dezember der erste Wintersturm um die Ecken pfeift, zerbricht nicht nur ein Fenster. Ein Verbrechen, von langer Hand geplant, kommt zur Ausführung. Die Porzellanballerina Lysande von Meißen wird gestohlen. Oder sollte man sagen, entführt? Immerhin gehört sie zu den sogenannten belebten Bewohnern der Museen, die allnächtlich ihre Podeste und Vitrinen verlassen, um ihren Alltagsgeschäften nachzugehen. Wird sie bis zum Weihnachtsfest wieder auftauchen? Und was hat das Glockenspiel im ebenso genannten Pavillon des Zwingers damit zu schaffen? Was die Frage aufwirft, ob Glocken reden können?

Unter dem nagelneuen Label „Zauberhafte Dresdner Weihnacht" erscheinen dieses Jahr erstmals zwei zauberhafte Bücher.

Neben „Wie der Kaiser im Porzellanladen" wird es „Tilly- eine Fee zu Weihnachten" von der wunderbaren Denise Bormann geben.

1

„Man hat mich heute ganze dreimal tanzen lassen." Lysande verdrehte die Augen. Diese eingebildeten Emporkömmlinge würden es nie lernen. Wer wirklich und wahrhaftig wertvoll war, der hatte es nicht nötig selbst zu tanzen. Neben ihrer auf Hochglanz polierten Vitrine gab es sogar extra einen kleinen Bildschirm, auf dem ein Band ablief, welches ein bekannter Videokünstler von ihrem Tanz gemacht hatte.

Sie war immerhin bereits über dreihundert Jahre alt und eine der ersten Porzellantänzerinnen, die jemals gefertigt worden waren. Sogar ihre Spieluhr wurde noch von dem originalen Uhrwerk angetrieben. An ihr war fast alles echt. Und darauf bildete Lysande sich schon etwas ein. Nur ein kleiner Finger war einmal ersetzt worden, nachdem sie ihn sich abgebrochen hatte und dessen Reste unter der Schuhsohle eines quengelnden Kindes fortgeschleppt worden war. Entsprechend ihres Wertes schaute Lysande daher schon auf die anderen Spieluhren und Figuren im Kabinett herab.

Sie war die wertvollste und kostbarste und schönste Porzellanfigur im ganzen Zwinger. Sie wurde am gründlichsten abgestaubt und Fachleute und Sammler aus aller Welt bewunderten sie tagtäglich.

Lysande war die grazilste der Porzellanfiguren im Haus und trug außerdem das prächtigste Rokokokleid von allen. Ihr konnte niemand anders das Wasser reichen.

Klar gab es ähnlich alte Figuren in der Ausstellung, aber bei den meisten fehlte meistens mehr als nur ein Fingerchen oder es war sogar ein großes Stückchen Porzellanspitze abgeplatzt.

Nur sie war nahezu perfekt erhalten.

Lysande wischte ein fast unsichtbares Staubkorn von ihrem mit winzigen Rosen besetzten Kleid. Die Tänzerin vom Nachbarsockel, die sich lasziv, auf die so typische Art des Jugendstils, auf ihrer Spieluhr räkelte, warf Lysande einen giftigen Blick zu.

„Hast du schon mal darüber nachgedacht, dass die Besucher uns gern in Persona zusehen und nicht nur einen schnöden Film anschauen wollen? Denn das können Sie ja auch jederzeit im Internet auf ihren Smartphones tun. Dafür müssten sie sich nicht ins Museum bemühen."

„Ihr könnt mir erzählen was ihr wollt. Ich bin hier der Star. Ihr seid doch alle nur Nachkömmlinge." Lysande drehte sich einmal um sich selbst, um sicherzustellen, dass auch alle sie beachteten. Sie war immerhin die Schönste hier und keiner von den anderen konnte ihr das Wasser reichen. Ihr Porzellan war feiner und durchscheinender als dass aller anderen Figuren im Kabinett. Von den antiken Chinesen mal abgesehen, aber die zählten nicht wirklich, waren doch die wenigsten von denen belebt, wie es die einheimischen Wesen waren. Die meisten standen nur rum und verstaubten.

Sie war diejenige von den Wesen dieses Hauses, die nur mit äußerster Vorsicht angefasst wurde. Spezialisten aus aller Welt kamen sogar eigens in den Dresdner Zwinger, nur um sie zu begutachten. Von ihrem erhöhten Platz aus beobachtete Lysande, wie die meisten Figuren ihre Tagesplätze verließen, um sich den abendlichen Vergnügungen hinzugeben.

Die Jäger vom Podest am Fenster schulterten ihre Waffen, bevor sie die die zarten porzellanenen Schimmel aus der Nebenvitrine zu sich riefen. Schon ein Augenzwinkern später begann ihre allnächtliche Jagd durch die Räume des Porzellankabinettes. Manchmal erwischten sie sogar den ein oder anderen Truthahn, der sich dann lautstark beschwerte. Aber zum Ende der Nacht flatterte dieser dann doch unbeschädigt zurück auf seinen Platz.

Lysande beobachtete, wie Tische und Podeste eilends beiseitegeschoben wurden. Eine größere Gruppe von Tänzerinnen und Tänzer fand sich zusammen, um zu den Klängen eines schlecht gestimmten Glockenspiels ein barockes Menuett zu tanzen. Das Instrument hatte auch schon bessere Tage gesehen. Die barocke Figurengruppe hatte es angeblich aus einem Sperrmüllcontainer gezogen, als einige Kammern unter dem Dach zu Renovierungszwecken ausgeräumt wurden. Die Herren verneigten sich eben vor den artig knicksenden Damen und begannen, ein Menuett zu tanzen. Da Lysande nicht eingeladen war, ließ sie den Blick von den Tanzenden durch das Kabinett schweifen.

Draußen vor den Fenstern zog gerade ein garstiger Wintersturm auf, der augenscheinlich nicht von Pappe war. Er rüttelte an Türen und Fenstern bis diese empört knarzten, ließ die Dachziegel klappern und wehte nasses Laub in Wirbeln draußen vorbei. Durch die Ritzen der durch die Jahre etwas undicht gewordenen alten Sprossenfenster pfiff der eiskalte Wind ein disharmonisches Lied von Winter und Eiseskälte. Raschelnd griff der Luftzug gerade nach dem schlichten Kalender, der unauffällig zwischen den Fenstern hing, und riss das oberste Blatt ab. Der 20. Dezember segelte langsam zu Boden.

Lysande blickte auf die Zahl und seufzte. Jetzt war es endgültig wieder soweit. Die täglichen Besucher trügen ausnahmslos wieder diese hässliche voluminöse Winterkleidung, der schon so manches Ausstellungsstück zum Opfer gefallen war.

Egal was die anderen von ihr dachten, Lysande sorgte sich um jeden von ihnen. Kein Porzellanwesen hatte es verdient, von einem grob gestrickten Schal oder einer mit Daunen gefütterten, ausladenden, Jacke vom Podest gestoßen zu werden.

Nicht einmal die ungehobelte, nach ihrem Geschmack viel zu viel Haut zeigende, Jugendstiltänzerin.

Ein lauter Donnerschlag ließ die Vitrinen zittern. Lysande presste die Hand aufs Herz. Sie war so sehr damit beschäftigt gewesen den Sturm zu beobachten und zu grübeln, dass der plötzliche Knall sie beinahe zu Tode erschreckt hätte. Sie blickte an sich herab. Es gab zum Glück keine Anzeichen, dass ihre Porzellanform einen Riss abbekommen haben könnte. Nur ihr Herz schlug rasend schnell.

10

Auch die anderen Bewohner des Saals unterbrachen ihre Belustigungen, um dem garstigen Wetter zu lauschen. Erscholl auch kein weiterer Donner, so raste der Sturm inzwischen doch recht laut brüllend um die Ecken. Unglaubliche Mengen an Laub trieben vorbei, klatschten gegen die Scheiben und rutschten langsam daran hinunter.

Und dann geschah das Unbegreifliche. Etwas Härteres als lasches Blattwerk krachte mit hoher Geschwindigkeit gegen eines der Sprossenfenster.

Glas klirrte und ein im Licht der Lampen glitzernder Schwall aus Scherben ergoss sich über die versammelte Gesellschaft des Kabinettes.

Alle zuckten kollektiv zusammen, als ein misstönender, schrecklich ohrenbetäubender Lärm einsetzte. Bislang kannten sie dieses Geräusch nur von den leidigen Katastrophenübungen, die mehrfach im Jahr stattfanden. Das eindringliche Jaulen der Alarmanlage übertönte einfach alles. Den Sturm, die aufgeregten, panische Stimmen und sogar die Pferde, die außer Rand und Band, wiehernd immer wieder rund um den Saal galoppierten. Sämtliche Figuren stürmten in wildem Durcheinander zurück auf ihre Plätze.

Allerdings war das Unheil bereits angerichtet. Als die diensthabenden Nachtwächter mit gezogenen Waffen ins Kabinett stürmten, lagen zwei der hübschen Pferde und eine orientalische Schleiertänzerin schwer verletzt am Boden. Gleich vier der eleganten Rokokodamen einer Figurengruppe hatten Teile ihrer hauchzarten Spitzenvolants verloren und einem viktorianischen Jüngling mit Zylinder und Gehstock fehlte der rechte Arm. Der Junge weinte, dass Lysande das Herz blutete. Sie nahm ihn in den Arm und führte ihn, nach einem bestätigenden Nicken eines der Nachtwächter, aus dem Kabinett, um ihn zur Tageslichtleuchte zu bringen, die es ihm ermöglichen würde, seine Porzellanform anzunehmen. In dieser Form empfand man nun einmal weniger Schmerz und außerdem musste er diese auch einnehmen, um zumindest vorerst notdürftig restauriert zu werden.

Als sie zurückkam, hatte sich das Chaos zwar nicht gelichtet, aber doch ziemlich verändert. Lysande hatte freien Blick auf die Unglücksstelle, da die Wesenheiten dieses Saales sich zumeist in einen Nebenraum zurückgezogen hatten. Es herrschte ein Bild, beinahe wie nach den Bombeneinschlägen, die Dresden im letzten Weltkrieg hatte erleiden müssen. Sie blickte nach oben. Zumindest hatten sie noch ein Dach über dem Kopf. Aber es sah wirklich schlimm aus. Glassplitter mischten sich mit den Scherben eines chinesischen Teeservices. Podeste waren umgeworfen worden, als die Wesen erschrocken durcheinandergelaufen waren und Glashauben gesprungen.

Die Nachtwächter sprachen weiterhin aufgeregt in ihre Funkgeräte, während sie sich einen ersten Überblick verschafften. Immerhin musste das kaputte Fenster so schnell wie möglich verschlossen werden, bevor der eiskalte Regen unter anderem das gute Parkett aufweichen würde.

Nur kurze Zeit später wimmelte es von Menschen. Eine große Platte aus Sperrholz, sowie eine wasserfeste Folie, wurden vor das kaputte Fenster genagelt. Polizisten einer besonderen Spezialeinheit suchten den Boden des Raumes ab. Solange nicht feststand, dass es sich bei dem Schaden um keinen perfiden Einbruchsversuch handelte, würden sie auch nicht verschwinden.

Irgendwann war jedes herein gewehte Laubblatt zweimal umgedreht und jeder einzelne Fingerabdruck im Kabinett mit Hilfe von Graphit und Klebestreifen abgenommen worden. Einige hatte man auch einfach nur fotografiert. Abgesehen davon, war einfach alles fotografiert worden. Lysande hatte das Gefühl, dass man jeden, sie eingeschlossen, von oben und unten, eben aus jeder verfügbaren Perspektive betrachtet und fotografiert hatte. Jeder Gegenstand und jedes Wesen war außerdem mit diesem schrecklichen Staub bestäubt worden, mit dem die Beamten nach Spuren gesucht hatten. Es sah aus, als hätte jemand einen Sack mit feinstem Ruß im Kabinett platzen lassen.

Der Morgen dämmerte bereits schon beinahe, als endlich wieder halbwegs Ruhe eintrat. Alle belebten Bewohner des Kabinettes hatten ein Plätzchen gefunden, an dem sie den Tag in ihrer festen Form verbringen konnten, ohne Gefahr zu laufen, umgestoßen zu werden.

Als sich die doppelflügelige Tür zur Porzellansammlung das nächste Mal öffnete, waren es wieder nur die Nachtwächter, die eine letzte Runde drehten. Bevor auch sie sich vor dem

Sonnenaufgang zurückzogen und die Geschäfte an die Tagesschicht abgaben. Sie wurden von einem großen, aufgeregt schnüffelnden und ziemlich eklig sabbernden Rottweiler begleitet. Das riesige Vieh sprang, als hätte man es aufgezogen, zwischen den Vitrinen und Podesten umher, als hätte es den Spaß seines Lebens. Dabei war es allerdings so geschickt, dass nicht einmal ein Stücken Papier aufflog.

Diese spezielle Hundedame, so wusste jeder hier, hörte auf den Namen Zerbera und lebte angeblich schon viele Jahre länger hier, als man Porzellan überhaupt sammelte. Sie stand dabei seit jeher unter der Obhut der Nachtwächter des Dresdner Zwingers. Deren oberster Offizier war bereits ebenso lange schon im Dienst, wie die Gebäude existierten. Angeblich war es der sächsische Kurfürst August der Starke höchstpersönlich gewesen, der den herrlich anzuschauenden, muskulösen Baso vom Hohenfels seinerzeit auf dem Posten des Obernachtwächters berufen hatte. Wobei Herr Baso nicht wirklich dem entsprach, was Lysande sich für sich als Partner vorstellen konnte. Er war ihr zu groß, zu massig und zu laut in seiner Art. Als Künstlerin fühlte sie sich zu einem anderen Typ Mann hingezogen. Sie musterte den Obernachtwächter im Vorbeigehen. Ihn und seinen Begleiter kannte sie bereits, seit sie hierhergebracht worden war. Und wie gesagt, die Wächter waren mit der Fertigstellung der Gebäude eingestellt worden, als länger hier als sie.

Vor der Einweihung des Gebäudekomplexes hatte die Aufgabe, sich um den ursprünglichen Zwinger zu kümmern,

14

die Dresdner Stadtwache ausgefüllt. Und das wohl, wie gesagt, immer schon unter den wachsamen Augen von Zerbera.

Nicht umsonst hieß der zu schützende Bereich zwischen äußerer und innerer Stadtmauer Zwinger.

Und ebenso nicht umsonst nannte man heutzutage diese schrecklichen Hundegefängnisse ebenfalls so.

Bloß, dass damals die Hunde ursprünglich eben frei über ein großes Gebiet rund um die Stadt herrschten und nicht über eine winzige, eingezäunte Fläche, wie es in heutigen Zeiten leider allzu oft üblich war.

Lysande winkte Zerbera unauffällig mit der rechten Hand zu, was die Hündin mit einem Zwinkern beantwortete.

Baso überprüfte inzwischen sorgfältig das notdürftig verschlossene Fenster und rüttelte auch an den Verschlüssen der restlichen Fensterflügel. Aber das wäre eigentlich völlig unnötig gewesen, erledigte das der Sturm doch von ganz allein. Zerbera lauschte angespannt, als eine besonders scharfe Böe um das Gebäude fauchte.

„Das wird noch richtig schlimm da draußen." Serpan, Basos schlankerer Kollege, musterte sein Smartphone, über dessen Bildschirm die Wettervorhersage flimmerte. Die Männer aktivierten die Alarmanlage und zogen weiter, um die anderen Räume des Museums zu kontrollieren.

Endlich kehrte wieder halbwegs Ruhe im Kabinett ein. Lysande reckte noch kurz den Hals, um das schmale, aber knackige Hinterteil Serpans gebührend zu würdigen und zog sich danach ebenso wie alle anderen auf ihren Tagesplatz zurück. Jedenfalls wie all jene, die noch einen hatten.

Eine Schäferin, die meistens ruhig und für sich blieb, streichelte ihre Schafe.

„Was für ein Unglück. Ich wusste ja gar nicht, dass die wilde Jagd hier auch so sehr wütet?" Die aus dem westlichen Thüringer Wald stammende Figur sah sich fragend um. Die niedliche Figurine mit dem Stupsnäschen und den gerafften Röcken war erst letzten Sommer im Kabinett eingezogen, als sie aus einer Erbschaft heraus der Sammlung geschenkt worden war.

„Na freilich kommen die auch hier vorbei. Aber dass es schon zur Thomasnacht so wild zugeht, ist wirklich außergewöhnlich. Die gute Zerbera war ja völlig angespannt." Der smarte Jäger vom Podest nebenan schüttelte den Kopf, während er die Hündin beobachtete, die inzwischen draußen vor dem intakten Fenster zum Innenhof saß.

„Ob das mit diesem Klimawandel zu tun hat? Das Wetter spielt ja auch verrückt. Aber dass die ehrwürdige Frau Hulda da mitmacht, hätte ich nicht gedacht." Ein Liebespaar, dass bis vor einigen Stunden friedlich vor einem der Fenster gestanden und sich umarmt hatte, seufzte unisono auf.

„Wir glauben, dass die eher die unruhige politische Lage und diese schreckliche Aggressivität unter den Menschen auf den Plan gerufen hat. Wenn man den Besuchern so zuhört, geht ja sogar uns die Hutschnur hoch." Lysande, die den anderen bisher nur zugehört hatte, setzte sich und lehnte sich von außen an den Glaskasten, der sie im festen Zustand vor neugierigen Menschenhänden schützte.

„Ich weiß nicht. So schlimm sind die doch nicht. Aber ich verstehe schon, was ihr meint. Mein Kasten ist jeden Abend voll mit den Abdrücken von Händen. Und was da alles dranklebt. Manchmal kann man mich nicht mal mehr richtig klar in meiner Pracht erkennen."

„Halt mal den Ball flach, Spieluhrqueen. Das ist ja wohl gar nichts. Hörst du dir eigentlich manchmal selber zu? Aber du solltest mehr auf die Menschen lauschen. Dann wüsstest du, dass die auf nichts und niemanden mehr Rücksicht nehmen."

„Quatsch mit Soße. Auf mich nehmen die immer Rücksicht. Schauen zu, wie ich mich so elegant und graziös in meinem Film drehe."

Die Jungs von der Nachtwache kamen mitsamt ihrem Schoßhund noch einmal zurück, um ein Foto von dem verrammelten Fenster zu schießen. Vermutlich wollten sie es den Handwerkern schicken, die neue Scheiben einsetzen mussten.

Lysandes Blick folgte den Nachtwächtern, als diese mit der allgegenwärtigen Zerbera im Schlepptau den Ausstellungsraum verließen. Nicht nur ihre Blicke folgten dabei wieder den staatlichen Männern. Aus dem Stegreif hätte sie mindestens ein Dutzend Figuren aufzählen können, die ihre Blicke nicht von den Hinterteilen der Wächter abwenden konnten. Und das waren nicht nur die Mademoiselles. Auch

17

der ein oder andere halb bekleidete Schäferjüngling seufzte auf, wenn die schnittigen Nachtwächter in seine Nähe kamen.

Sie selber warf jederzeit nur zu gern einen Blick, oder auch mehrere, auf den schlankeren, beinahe zierlichen Serpan. Wenn es ihr tagsüber trotz der vielen Besucher langweilig wurde, träumte Lysande allzu oft davon, das Serpan mit dem Einbruch der Nacht ihr kommen und ihr seine unsterbliche Liebe gestehen würde. Und irgendwann in naher Zukunft wäre es so weit, dann würde er es tun.

Da war sie sich sicher. Unsicher war zwar, ob er ihr Herz würde erobern können, aber was man vom Spatzen in der Hand sagte, war schon recht so.

Mit dem Licht des neuen Tages brach das Chaos wieder über das Kabinett herein. Jetzt traten die den meisten Figuren des Hauses so wohlbekannten Restauratorinnen auf den Plan. Die Ärmsten, denen der Sturm schmerzhafte Schäden zugefügt oder die Kleider zerstört hatte, wurden vorsichtig verpackt und zur Reparatur abgeführt.

Kaum waren die Retter verschwunden, erschienen die Damen und Herren vom Putzdienst. Deren resolute Chefin schlug die Hände über dem Kopf zusammen, als sie des Drecks und Chaos richtig ansichtig wurde.

Mit fester Stimme verteilte sie die Aufgaben an ihr Team. Es wurde gesaugt, gewischt und poliert, vorsichtig gespült und getrocknet, bis auch jedes Händchen und jede noch so kleine Locke der weiß glasierten Schafe wieder blitzblank glänzte.

Es dauerte fast den ganzen Tag, bis wieder halbwegs Ordnung in der Porzellansammlung war. Die Posten auf den leeren Podesten waren durch Repliken ersetzt worden, die leider aus minderwertigem Porzellan gegossen worden waren.

Mit denen war überhaupt nicht gut umzugehen. Die schnarrten höchstens mal, anstatt sich vernünftig zu unterhalten. Und wenn sie sich dann doch mal an einem Gespräch beteiligten, dann nutzten sie jede Menge vulgärer Ausdrücke. Außerdem sprachen sie mit einem schrecklichen Akzent. Mancher von ihnen konnte nicht mal ein echtes R aussprechen. Mit Vorliebe beschimpften sie die Stammbewohner der Sammlung mit den unflätigsten Ausdrücken.

Lysande rümpfte allein bei dem Gedanken an die Repliken die Nase. Einer der Jäger hatte deren Gemeckere einmal als Wortdurchfall bezeichnet. Oder eben etwas, das den Weg durch den Mund zum zweiten Mal nimmt.

Mit diesem Volk gab eine wie Lysande sich natürlich nicht ab, wenn es denn nicht sein musste. Wie die meisten der Sammlungsbewohner versuchte sie, die Beschimpfungen zu ignorieren und ganz allgemein den Kontakt mit denen zu vermeiden. Lieber vergnügte Lysande sich damit, den Schreinern zuzuschauen, die einen neuen Fensterflügel einsetzten.

Das große Sprossenfenster glänzte mit seinen blitzblanken Scheiben herrlich im Licht der nachmittäglichen Dezembersonne, als zu guter Letzt doch noch Besucher in die Räume der Porzellansammlung gelassen wurden. Sie brachten gute Laune und den köstlichen Duft der kalten Jahreszeit mit sich. Gerüche von Zimt, von Backwerk und anderen Gewürzen hafteten an den Mänteln der Gäste und verbreiteten auch in den Sammlungskabinetten einen Hauch der bevorstehenden Weihnacht.

Lysande betrachtete gerade entspannt eine Mutter, die mit ihrer zuckersüßen Tochter von Podest zu Podest schlenderte, als es geschah. Das kleine Mädchen presste sich erschrocken an seine Mama und begann zu weinen, als etwas krachte und augenblicklich Splitter flogen. Lysandes Glaskasten war in tausende, diamantenglitzernde Scherben zersprungen. In ihrer Form gefangen konnte sie nicht einmal eine Hand vor die Augen legen, um diese zu schützen, auch nicht, als ein besonders fieses Stück Glas gegen ihren Kopf stieß.

Fast gleichzeitig drang das durchdringende Kreischen und Piepen der Alarmanlage schon wieder durch die Ausstellungsräume. Dieses Mal wusste Lysande, wovon diese ausgelöst worden war. Der kleine, versteckte Schalter befand sich nämlich am unteren Rand ihres Glaskastens.

In Windeseile wurden die Besucher nach draußen komplimentiert.

Lysande erkannte aus dem Augenwinkel, dass ein Mitarbeiter des Museums noch von jedem, der sich gerade in der Sammlung aufgehalten hatte, Namen und Adressen aufschrieb, als grobe Hände in weißen Baumwollhandschuhen auch schon nach ihr griffen.

Sie wurde blitzschnell vom Sockel gehoben.

Dann wurde es augenblicklich stockfinster. Jemand hatte sie doch glatt in einen Beutel gesteckt. Eine schwarze, blickdichte Tasche. Ihre Spieluhr klimperte einige Male entsetzt, bevor mit einem Ratsch die Feder aus dem Uhrwerk sprang, welches diese antrieb. Lysande konnte nicht mehr denken, da die Angst sie voll in ihre eiskalten Zangengriffe genommen hatte.

Man hatte sie gestohlen. Sie, die teuerste und grazilste Spieldosendame von ganz Dresden.

*****

2

Die Dämmerung war gerade eben hereingebrochen, als ein schriller Pfiff durch das Zwingergelände zu Dresden erklang. Natürlich hatten sie das Kreischen der Alarmanlage vernommen, aber zu dem Zeitpunkt war die Sonne leider noch nicht hinter dem Horizont verschwunden gewesen und sie daher allesamt zum Stillhalten verdonnert.

Serpan schaffte es als erster, von seinem Platz unter dem Dachvorsprung, von wo aus er die Elbe immer im Blick hatte, herabzugleiten. Die Kollegen von der Westseite hatten es da etwas schwerer, da bei ihnen die Schatten später ankamen.

Er drehte sich rechtzeitig, damit er nicht kopfüber aufs Pflaster purzelte, kam mit einem Sprung unten auf und sprintete zu den Umkleiden der Mitarbeiter.

Vor der Tür empfing ihn bereits Zerbera, die aufgeregt winselte. Als Höllenhündin war sie zwar nicht auf die Dunkelheit angewiesen, bevorzugte aber wie Serpan und die anderen Wächter die Nacht. Tagsüber verschlief sie ihre Zeit zumeist in dem großzügigen Areal, dass die Museumsleitung nur für sie abgesperrt hatte. Einzig, wenn es Essenszeit war, trollte die allzeit verfressene Zerbera sich zu den Menschen der Tagschicht.

Serpan trat in die Garderobe. Er hatte sich kaum die schlichte graue Uniform der Wächter übergezogen, als die anderen ebenfalls auftauchten. In deren Schlepptau befand sich einer der Kollegen der Tagesaufsicht.

„Es ist wieder im Kabinett der Prozellansammlung." Das klang nun nicht mehr nach einem Scherz der wilden Jagd. Hier war ganz offensichtlich etwas oberfaul.

„Derselbe Raum wie gestern? Das kann kein Zufall sein."

„Die „Wilde Jagd" ist dann vermutlich als Grund für das zerbrochene Fenster vom Tisch?" Das war genau Serpans Gedanke. Eine Wiederholung hätte mit Sicherheit Frau Holles Zorn auf die Übeltäter in ihrem Gefolge gezogen. Und die alte Dame hatte die Augen einfach überall. Sagte man.

„Wenn wir es wüssten, meine Herren." Die Leiterin der Museen des Zwingers trat ein, was zur Folge hatte, dass blitzschnell Hosen hochgezogen und geschlossen wurden.

„Dieses Mal ist das Muster nämlich ein anderes. Es wurde gezielt eine Vitrine zerschlagen und eine Figur entwendet. Da es sich um die Spieluhr mit der Rokokotänzerin Lysande handelt, wusste der Täter, oder die Täterin, wohl ganz genau, was er tat."

„Die haben Lysande entwendet? Ach herrje." Serpan verdrehte innerlich die Augen, während Baso sich mit beiden Händen den Bart raufte. Die nach außen hin so schrecklich eingebildete Figur war ihnen allen auf den Wecker gefallen. Sämtliche Bewohner der Sammlung hatten sich im Laufe der Zeit schon über sie beschwert. Aber trotzdem war sie ein, nicht nur auf finanzieller Ebene, wertvoller Teil der Gemeinschaft, die im Hintergrund nicht wenige Strippen zog und viele Probleme auf unauffällige Art zu lösen verstand.

23

„Bitte hören Sie mir zu, meine Herrschaften. Die Polizei hat die Räume der Porzellanausstellung verschlossen, bis die Ermittlungen abgeschlossen sind. Sie werden trotzdem ihre Runden drehen, nur eben diese speziellen Säle auslassen. Davon abgesehen werden die einzelnen Figuren des betreffenden Teils der Ausstellung im Laufe der Nacht zu Ihnen ins Büro gebracht werden, damit wir genauer, und vor allem aus erster Hand, informiert werden." Serpan nickte zustimmend. Das war die einzig logische Vorgehensweise. Die Art von Polizei, von der die Chefin sprach, konnte nur die normweltlichen Spuren sichern, die Wächter gehörten aber einer anderen Welt an. Und dadurch waren sie in der Lage, zumindest die älteren Figuren zu befragen. Bei den neuen, die aus Fernost oder zumindest aus importiertem Porzellan hergestellt worden waren, machte das wenig Sinn. Diese waren der Sprache entweder gar nicht mächtig oder nuschelten irgendein Kauderwelsch vor sich hin. Und einige wenige von ihnen bestanden aus gar keinem beseelten Porzellan. Davon abgesehen würden sich zusätzlich mit Sicherheit noch andere Behörden des Falles annehmen. Die steinerne Bruderschaft, der Serpan, Baso und die anderen Wächter angehörten, hatte vor Jahrhunderten auch die belebten Kunstwerke in ihre Gemeinschaft aufgenommen. Sie alle unterstanden der Gerichtsbarkeit der magischen Gemeinschaft und diese hatte ihre eigenen Ämter und Gerichte.

Serpan wurde mit seinem Lieblingskollegen und direktem Vorgesetzten Baso vom Hohenfels auf Streife durch die Sammlungen geschickt, während zwei weibliche Wächter die Vernehmungen durchführen würden. Wie immer starteten sie dabei am Eingang des französischen Pavillons und kontrollierten zuerst, ob sich auch kein verspäteter Gast in den Toilettenanlagen aufhielt. Im ersten Saal der Gemäldegalerie platzten sie dabei in eine lautstarke Diskussion herein. Zwischen Rembrandts Ganymed, der seit Ewigkeiten in den Klauen eines Adlers hing, und dem Schokoladenmädchen, dass von Jean-Etienne Liotard um das Jahr 1744 herum geschaffen wurde, ging es nicht gerade zimperlich zur Sache.

Während der Adler hoch oben unter der Saaldecke kreiste, saß das Schokoladenmädchen auf einer der gepolsterten Bänke, die offiziell für müde Besucher in den Räumen aufgestellt worden waren.

Offenbar war sie dabei, Raffaels sixtinischer Madonna gerade ein Tässchen heißer Schokolade zu kredenzen, was dem als bockiges Baby dargestellten Ganymed so gar nicht passte. Oder andersherum, das Mädchen wollte Ganymed nur dann etwas von dem appetitlich duftenden Getränk einfüllen, wenn der mitsamt seinem Adler runter zu ihr kam und sich wohlerzogen auf der Bank niederließe.

Serpan konnte das wirklich nachvollziehen, veranstaltete das Kerlchen doch regelmäßig nicht zu kleine Sauereien in den Sälen der Galerie.

Und die armen Damen von der Reinigungsfirma mussten das dann jeden Morgen wieder mühsam richten, wenn nicht gar die Restauratoren auf den Plan gerufen wurden.

Lilly, das Schokoladenmädchen, wandte sich an Baso, der schmunzelnd einigen Pygmäen aus dem Gemälde von Lucas Cranach dem Jüngeren, welches eben diese mitsamt Herkules darstellte, zunickte.

„Baso. Sag doch auch mal was." Dieser verdrehte die Augen und stieß einen leisen Pfiff aus. Der Adler, der ihn beinahe schon abgöttisch liebte, sank auf eine der Bänke und gab den stinkigen Ganymed frei.

„Danke. Ich werde noch wahnsinnig bei dem Volk hier. Ich beantrage gleich morgen ein privates Kabinett."

Baso schnaubte. „Vergiss es. Nicht mal die „Mona Lisa" hängt im Louvre ganz allein. Da brauchst du dir keine Hoffnung zu machen, Liebelein." Lilly reichte Ganymed vorsichtig ein kleines Becherchen mit Kakao.

„Dann haltet mir wenigstens die ganzen nackten Gipskerle aus den Skulpturensälen vom Leib. Ich hasse es, wenn die hier versuchen, ihre komischen Orgien zu veranstalten." Aus einem der weiter oben hängenden Gemälde kamen anzügliche Pfiffe und Protestrufe.

„Nichts wird einem hier gegönnt. Da wohnen schon diese sexy Marmorliebchen in der Antikenhalle und es wird einem nicht mal ein Blick erlaubt."

„Klappe da oben. Das letzte Mal ist einem der Gipstypen das beste Stück abgebrochen, als er eine der Herkulanerinnen

26

vernascht hat. Das muss ja wohl keiner von uns sehen." Ein gemeinschaftliches Stöhnen fuhr durch den Raum. Sämtliche männliche Abbilder hielten die Hände schützend vor die Gemächte. Nur der kleine Bacchus, der schon wieder zu viel Wein intus hatte, lallte eines der griechischen Sauflieder, auf die er so stand.

„Ein Irrenhaus ist das hier." Serpan eilte voraus in die Antikenhalle zu besagter Skulpturensammlung, während Baso die Gemalten zu beruhigen versuchte.

Die Gipsigen aus dem Deutschen Pavillon standen mit einigen Marmorstatuen und drei kleinen Bronzen in einer Ecke und wisperten leise. Als Serpan nähertrat, stoben sie so blitzschnell auseinander, dass auf dem neu polierten Parkettboden Kreidestriche zurückblieben. Schnell, wie Serpan nach Anbruch der Nacht nun mal war, erwischte er eine der Bronzen am Schlafittchen. August der Starke grinste breit von unten herauf und streckte ihm die Zunge heraus.

Aber so nicht. Nicht einmal ein König benahm sich so daneben, wenn die Wächter es sahen. Zumindest nicht ungestraft.

Serpan schnappte die Bronze und machte sich zügigen Schrittes auf den Weg zur Treppe.

Keine Plastik konnte die Restaurationswerkstätten im Obergeschoß leiden, worauf er auch beim König spekulierte.

Und er behielt recht. Serpan liebte es, wenn ein Plan funktionierte. Der gar nicht so starke August begann zu zappeln, kaum dass sie die ersten Stufen erklommen hatten.

27

„Lass mich unten! Ich befehle es dir! Wenn du mich da rauf bringst, dann komme ich so schnell nicht wieder raus. Niemand will, dass ich im Saal nicht mehr nach dem Rechten schaue. Dann drehen die Gipsfiguren endgültig durch. Also lass mich unten, verflixt nochmal!" Serpan grinste, blieb aber stehen.

„Erst wenn du gestehst, was ihr da aus heckt."

„Dann lass mich zuerst los. Ich bin doch keine Katze, die man mal einfach so im Nacken schnappt."

„Versprich zuerst, dass du redest, August."

„Ist ja schon gut. Nun lass mich runter." Serpan löste seinen Griff und der kleinere Mann plumpste auf die Füße. August verdrehte die Augen und massierte seinen Nacken, dort, wo Serpan ihn erwischt hatte.

„Es geht um die Gemalten. Sie halten sich für was Besseres. Dabei sind wir, im Gegensatz zu ihnen, auch des Tages dreidimensional. Nur, weil sie farbig sind, glauben sie, über uns stehen zu dürfen. Aber dieses Jahr werden wir ihnen zeigen, wo der Hase langläuft. Dieses Weihnachten schmeißen wir eine Party, von der sie in hundert Jahren noch reden werden."

Serpan schluckte sein Lachen hinunter, bevor der sächsische König es sehen konnte.

„August, die meisten Mitbewohner in der Skulpturensammlung erkennen das Christentum nicht mal, wenn es nackt und mit Glöckchen um den Hals vor ihnen

28

stünde. Und dann glaubst du, sie werden artig „Stille Nacht" singen und um den Baum tanzen?"

„Ihr werdet schon sehen. Das Fest ist unser." Serpan schüttelte nachsichtig den Kopf.

„Der Geist der Weihnacht ist dir vielleicht ein Begriff, aber viele deine Mitbewohner sind in ihren Ansichten älter und ihr Götterglauben ist nicht der deine."

„Jaja. Soviel dazu, dass man jeden Glauben und jedes Wesen so akzeptieren sollte, wie sie sind. Hast du schon mal drüber nachgedacht, dass wir alle zum Ende des Jahres etwas zu feiern haben? Und wenn es die wiederkehrende Sonne oder schlichtweg das neue Jahr ist?"

„Also plant ihr eine Silvesterparty?" Das klang schon eher nach dem umtriebigen König.

„Aber nicht doch. Oder doch, aber hier geht es um ein ganz klassisches Weihnachtsfest. Johann Sebastian hat sogar versprochen, dass sein gemaltes Ego die Musik spielt." Oha. Also hatte der bronzene Meister Bach sein Gemälde überredet, für die Plastiken zu spielen. Da die beiden sich auf den Tod nicht ausstehen konnten, versprach das, interessant zu werden.

„Und alle wollen mitmachen?" August verdrehte die Augen.

„Klar, immerhin haben auch sie den Trubel schon mindestens hundertmal erlebt. Dieses Jahr wollen alle. Natürlich seid ihr von der steinernen Bruderschaft ebenfalls aufs herzlichste eingeladen. Ihr braucht euch nicht bei den Gemalten langweilen. Bei uns wird die Post abgehen."

Dass die Wächter eventuell und alljährlich ihr eigenes Fest veranstalteten, schien August gar nicht in den Sinn zu kommen. Wobei eine gemeinsame Feier eigentlich eine gute Idee war. Wenn alle zusammen an einer Tafel saßen, würden vielleicht einige Streitereien endlich beigelegt werden können. Oder sich vertiefen. Trotzdem klang es gut.

Aber bis dahin waren es noch drei Tage hin. Und vorher musste das Problem in der Porzellansammlung geklärt werden. Auch wenn Lysande oft nervte, war sie ein unverzichtbarer Bestandteil der Gemeinschaft. Sie war die, die alle zusammenhielt. Und wenn es nur war, dass die anderen sich gegen sie verbündeten. Ohne die grazile, hochnäsige Tänzerin würde es schwierig werden, die Salons der Porzellanenen in Frieden zu halten. Die Wahrscheinlichkeit war zwar gering, aber Serpan wandte sich trotzdem an August.

„Sag mal, habt ihr heute etwas außergewöhnliches mitbekommen?" Der Bronzeherrscher hob eine glänzende Augenbraue, die nur ganz leicht eine Spur von Grünspan zeigte.

„Du meinst, dass in der Porzellansammlung die Hölle los ist? Die Glocken singen es vom Turm." Und dass, wo das porzellanene Glockenspiel vom benachbarten Pavillon doch eigentlich schon für den Winter abgestellt war.

Aber Serpan hatte die Glöckchen auch aufgeregt bimmeln gehört, es aber dem Sturm zugeschoben und daher nicht wirklich darauf geachtet.

Einen Versuch war es allemal wert, mit den Glocken, die als teilbelebt galten, in Kontakt zu treten. Deren hochwertiges Porzellan verlieh ihnen angeblich Persönlichkeiten. Zumindest galten sie in den Akten als teilbelebt.

„Dann werde ich dort gleich mal nachfragen. Hoffentlich reden die mit mir." August verdrehte schon wieder rotzfrech die Augen.

„Nimm den Bach mit. Oder kannst du Musik verstehen?" Der Einwurf Augusts war berechtigt. Der König war musikalisch begabt, aber Johann Sebastian Bach spielte nun mal in einer anderen Liga, was Musikalität betraf. Und er war Serpans Freund. Wenn niemandem anders, dem Basti vertraute er vollkommen. Davon abgesehen, benötigte dieses Verhör mit Sicherheit einen musikalischen Begleiter.

Als Wächter war sein Gehör bestenfalls auf Flüstern und Rufen ausgebildet. Und mehr als das ein oder andere Trinklied beherrschte er auch nicht.

Serpan kehrte an Augusts Seite um. Der König rief nach seinem Lieblingskomponisten, der sich auch gleich bereiterklärte, mit dem Glockenspiel zu kommunizieren. Natürlich nur, wenn man ihm ein Xylophon oder auch ein Tischglockenspiel brächte. Und zwar zackzack.

Seufzend stieg Serpan die Treppe zu den Räumen der Restauratoren hinauf. Es gab ein kleines Kabinett hinter der Werkstatt der Gemälderestauration, in dem eine ganz gute Auswahl an antiken Instrumenten verwahrt wurde.

31

Zu hohen Festtagen durften die nächtens, wenn keine Besucher mehr im Haus weilten, an die Skulpturen ausgehändigt werden. Mit dem bronzenen Basti Bach im Rücken, schloss Serpan das Räumchen mit den Musikalien auf und trat zurück. Der Komponist griff zielgerichtet nach einer großen Lyra, einem dieser Glockenspiele, wie sie meistens in Spielmannszügen mitgeführt wurden. So ein Klimperding, bei dem man mit einem Hämmerchen auf kleine Metallplättchen schlug.

Der Klang des Instruments selbst war zart und glockenartig hell. Basti klemmte sich das Teil unter den Arm und schritt nun zielgerichtet durch die Restaurationsabteilung, die Treppe auf der den Skulpturen abgewandten Seite herab und direkten Weges zum Glockenspielpavillon. Wo er ungeduldig zappelnd darauf wartete, dass Serpan die Tür zur Treppe in die oberen Stockwerke des Pavillons aufschloss. Serpan unterdrückte ein Grinsen. Was Töne und Noten betraf, da hatte der sonst so in sich ruhende Musiker noch nie Geduld aufbringen können. Er lebte eben die Musik in Herz und Seele.

Die Glöckchen bimmelten leise ein Hallo, als Basti Bach vor Serpan die Empore betrat, von der aus das Werk des Glockenspiels gesteuert wurde.

Die Glocken hingen, nur durch eine Scheibe getrennt, frei vor ihnen und schwangen sanft im Wind. Hin und wieder klingelte eines von ihnen leise. Serpan öffnete einen Teil des

Fensters, der für Wartungsarbeiten gedacht war und schob Bach vor die Öffnung.

Basti hob die Lyra und schlug einige Akkorde an. Dann lauschte er mit schräg gelegtem Kopf, als mehrere Glöckchen mit, für Serpan gleich klingenden, Tönen antworteten. Der Komponist wandte sich ihm zu und bedeutete ihm wortlos, ja die alten Riten der belebten Kunst nicht zu vergessen. Und eben in dieser Tradition sprach er ihn dann auch an.

„Stelle deine Fragen, Wächter." Serpan verneigte sich vor den Glocken aus Meissner Porzellan mit der gebotenen Ehrfurcht.

„Verehrte Vertreter der reinsten Töne, ich bitte von ganzem Herzen ergebenst um Eure Gunst. Gewährt mir bitte einige Fragen." Das Glockenspiel bimmelte eine zustimmende Melodie.

„Habt ihr etwas bemerkt, dass mit dem Verschwinden der Tänzerin Lysande aus dem Porzellankabinett zu tun haben kann?" Basti Bach übersetzte mit hellen Glockenschlägen auf der Lyra. Die Glocken über ihnen begannen wild durcheinander zu bimmeln. Offenbar führten sie eine aufgeregte Diskussion, was auch Basti leise flüsternd bestätigte.

„Sie sind sich nicht sicher. Heute war viel los. Da waren zwar keine der lauten, dissonant kreischenden Schulklassen dabei, aber jede Menge Besucher, die in Weihnachtsstimmung waren. Auch welche, die ganz sicher dem Glühwein zugesprochen hatten, sagt das dreigestrichene

33

C. Das E wiederrum meint entdeckt zu haben, dass drei ganz ungewöhnliche Wesen den Eingang genutzt haben. Deren Auren waren eiskalt und sie bewegten sich in Missklang. Was immer das heißen mag." Basti brummelte seinen Ärger, sichtlich genervt, in den nicht vorhandenen Bart. Er griff nach den Hämmerchen und läutete eine superschräg klingende Frage. Die Glöckchen verstummten kurz und dann begann das tiefe C zu schlagen. In schneller Folge bimmelte es eine Antwort, in die das E einstieg und das Fis auch noch seinen Senf dazugab. Basti antwortete mit beinahe hastigen Klangfolgen, die er mehrfach wiederholte. Das C klang nun eindringlich und extra langsam, als ob es genervt einem Schwerhörigen ein Gedicht vortragen würde. Serpan blickte von den Glocken zu dem Meister der barocken Klänge. Basti Bach schüttelte den Kopf und spielte eine fragende Tonfolge. Das A mischte sich nun auch ein und bimmelte einen langen Rhythmus aus schnellen und langsamen Passagen. Das schien einiges zu erklären, denn Basti wandte sich nun Serpan zu.

„Also. Glocken sind als Zeugen offenbar eher grenzwertig einzuschätzen." Ein entrüsteter Bimmelsturm widersprach ihm lautstark. Serpan verdrehte die Augen und verneigte sich entschuldigend vor dem Glockenspiel.

„Er meint es nicht so, meine Herrschaften. Ich danke euch für die Hilfe." Die Bronze des Musikers klemmte sich gerade die Lyra unter den Arm und marschierte ins Innere des Torgebäudes.

„Das Glockenspiel ist der Meinung, dass gestern drei Typen das Gebäude betreten haben, den man ein solches Verbrechen, wie den Diebstahl der Tänzerin, auf jeden Fall zutrauen könnte. Das A meinte, dass ist sich beinahe sicher ist, die Kerle auch schon mal gesehen zu haben. Das hohe C behauptet sogar, dass es die Männer beim Durchrauschen der wilden Jagd vor zwei Tagen in Frau Holles Gefolge gesehen hat." Okay, das kam jetzt dann doch unerwartet. Zwar richtete die wilde Jagd alle Jahre wieder um den Jahreswechsel herum nicht zu geringe Schäden an, aber eigentlich blieb es dabei ganz klassisch bei Sachbeschädigung. Die Jagd räumte dabei leidenschaftlich Wäscheleinen ab, warf morsche Bäume um, oder, wenn Holles Gefolge zu übermütig wurde, dann kippte auch schon der ein oder andere Lastwagen von der Autobahn. Bevorzugt auf Brücken, die dem Wind ja direkt ausgesetzt waren. Aber Diebstahl passte so gar nicht ins Repertoire der uralten Göttin. Und Serpan glaubte auch nicht, dass Frau Holle ein solches Gebaren unter ihrem Gefolge duldete. Aber Nichtsdestotrotz würde Serpan auch diesen Hinweis an die Museumsleitung weitergeben. Was die Frau Doktor dann damit anfing, oblag zum Glück nicht seinem Verantwortungsbereich.

Anstatt seine Runde gemeinsam mit Baso fortzusetzen, überbrachte er die neuen Informationen erst diesem, der inzwischen die aus Gips Gegossenen zur Ordnung gerufen und dann dort auf Serpan gewartet hatte. Auf den Befehl des Vorgesetzten marschierte er direkt in eines der großen Büros.

Die Kollegen, welche die Befragungen der porzellanenen Zeugen durchführten, freuten sich über jeden Hinweis, den sie in ihre Gespräche mit den Kunstobjekten einführen konnten. Inzwischen hat es sich auch ein Vertreter des magischen Rates zu ihnen gesellt. Dieser nahm Serpans Bericht mit hochgezogenen Augenbrauen zur Kenntnis. Wie es ihm selber auch ging, wollte keiner glauben, dass die wilde Jagd an einem solchen Diebstahl beteiligt sein könnte. Vielleicht waren die Männer ja an dem Abend als die Jagd durchzog, zufällig am Zwinger gewesen, um die Sammlung auszuspionieren.

Aber mehr auch nicht. Trotzdem würde man eine Anfrage an Frau Holle stellen. Die Göttin vorzuladen, traute sich nicht mal der Rat, denn niemand war so lebensmüde. Wobei Serpan, der die gute Frau mehrfach getroffen hatte, sie nur von ihrer zwar wilden, aber mütterlich gutmütigen Seite kennengelernt hatte.

*****

3

Lysande atmete gegen die Panikattacke an, die sie in ihrem Gefängnis befallen hatte. Oder besser gesagt, ihrer Verpackung.

Vor wenigen Minuten war endlich die Sonne untergegangen. Als kleine Spieluhrfigur war die, wenn auch erst kurze, Gefangenschaft noch halbwegs erträglich gewesen, aber in ihrer belebten Form sah das völlig anders aus.

Das Paket, zu dem man sie verschnürt hatte, war viel zu klein für eine Frau ihres Formats und der vermaledeite Jutesack, über ihrem Kopf ließ sogar für jemanden, der nur aus Gewohnheit atmete, nicht genug Luft durch. Und staubig war der. Also, neu war der Sack keinesfalls. Wer wusste schon, was da drin schon so alles gelagert worden war. Lysande wollte gar nicht darüber nachdenken, was da so über ihr Gesicht rieb und in ihren Hals eingeatmet wurde. Sie würgte und hustete, aber sie bekam die ekligen Krümel und Staubflusen einfach nicht aus dem Mund. Und sie konnte nicht mal die Hände nutzen, um den blöden Sack zu entfernen. Denn man hatte den größten Teil von ihr fein säuberlich in eine Art Kunststofftüte oder Müllsack gepackt, sodass nur noch der Kopf herausschaute, der aber nun leider eben in dem besagten Jutesack steckte. Ihr Entführer hatte insoweit mitgedacht, dass eindeutig klar war, dass er sich mit der Lebensart einer Porzellanenen auskannte.

Immerhin hatte er den Größenwechsel beim Einbruch der Nacht eingerechnet. Also war er schon mal kein Unwissender, was einen nicht eingeweihten Normmenschen als Dieb ausschloss. Denn der wäre ja davon ausgegangen, eine kleine, sauteure, aber unbelebte Spieldose entwendet zu haben. Natürlich gab es mehr als genug Menschen, die am Rande der magischen Gemeinschaften lebten und daher wissen könnten, wie man mit Wesen von Lysandes Art umginge. Aber ihr Gefühl sagte ihr, dass es sich bei dem Entführer um eine Person handelte, die ihr selbst nicht ganz unähnlich war. Sie hatte die vergangene Stunde damit zugebracht zu lauschen. Ihren anfänglichen Verdacht, dass jemand aus der Wilden Jagd mit dem Verbrechen zu tun hatte, konnte sie inzwischen ausschließen.

Es war zu keinem Augenblick zugig oder gar stürmisch gewesen. Auch waren niemals die so typischen Geräusche der Jagd erklungen. Das übliche, bei der Jagd allgegenwärtige Rauschen und Johlen und Pfeifen und Summen hatte Lysande nicht gehört. Dafür war sie sich sicher, dass soeben eine Maus an dem Müllsack genagt hatte, in dem sie steckte. „Mäuschen, bitte komm, knabbere nur, ich bin superlecker." Lysande lockte mit süßen Worten, bettelte gar, nur, damit die Maus weitermachen sollte. Aber der schien nicht geschmeckt zu haben, was sie probiert hatte.

„Spar dir den Blödsinn, Tänzerin. Kein Nagetier wird dich befreien, solange ich Wache halte." Oh je. Dass sie bewacht wurde, das war ihr in ihrer Verzweiflung völlig entgangen.

Die Frauenstimme kam ihr irgendwie bekannt vor, wenn sie diese auch nicht einordnen konnte. Aber es würde ihr schon noch einfallen. Auf jeden Fall handelte es sich um eine Person, die regelmäßig im Zwinger war, denn die Stimmen der Besucher waren für Lysande, sowie die meisten ihrer Mitbewohner, wie eine Art allgegenwärtiges Hintergrundrauschen. Nur selten hörten sie den Gästen genauer zu.

Eine Tür knarrte leise und Lysande spürte, dass sie mit der Wache nicht mehr allein war. Also, von der Maus abgesehen, die sich nach wie vor, leise an etwas knuspernd, in einer Ecke herumtrieb.

„Ist sie das? Meine Traumfrau?" Schwitzige Hände rieben quietschend aneinander.

„Ja, aber reißen Sie sich zusammen. Sie ist trotz ihrer hochnäsigen Art eine Dame und Ihre ordinäre Art nicht gewöhnt. Ich kenne Euch, aber diese da," die Wächterin deutete vermutlich auf Lysande, „muss sich bestimmt erst an Eure Art gewöhnen, bevor sie Sympathien entwickeln kann."

„Papperlapapp. Mich liebt jede Frau. Und die hier wird keine Ausnahme sein." Die andere Stimme seufzte leise.

„Wenn Sie meinen, Hoheit." Was auch immer das bedeuten sollte. Lysande überlief eine Gänsehaut. Der eben hinzugekommene Sprecher schien es sich zur Aufgabe gemacht zu haben, sie als Frau zu besitzen.

Um ihre Gefühle schien er sich nicht zu scheren.

So hatten sich viele Männer zu der Zeit benommen, als sie geschaffen worden war. Offenbar war sie der irrigen Meinung gewesen, dass diese Zeiten vorbei seien. Mistkerle waren sie und es gab nur wenige Ausnahmen. Ein Gesicht ploppte vor ihrem inneren Auge auf. Bach. Der Musiker war schon damals anders gewesen. Er hatte seine Frauen verehrt und hätte sich nie einer aufgezwungen.

Im Gegensatz zu ihrem Entführer.

Oder eher gesagt, zu dem, der sie hatte entführen lassen. Wollte sich wohl nicht die Hände dreckig machen. Der als „Hoheit" Angesprochene umkreiste Lysande mit klappernden Schritten. Trug man eigentlich noch mit Nägeln beschlagene Schuhe? Das Klappern deutete auf jemanden hin, der wirklich aus einer anderen Zeit stammte. Daher glaubte Lysande, dass er wirklich dem Museum entstammte. Aber wer konnte es sein? Wer wagte es, sie klauen zu lassen?

Auch wenn er behauptete, sie würde ihn lieben, sobald sie seiner ansichtig würde, waren genau diese Gefühle schon allein durch die Entführung ausgeschlossen.

Wobei sie schon ein wenig Zuneigung heucheln könnte, wenn dadurch nur endlich der Sack von ihrem Kopf verschwände.

„Du darfst dich entfernen, Unwürdige. Ab hier übernehme ich." Die „Unwürdige" seufzte ein weiteres Mal.

„Lasst sie doch erstmal raus und Luft schnappen."

„Nein! Nur ich werde in ihr leibreizendes Antlitz schauen, wenn sie das Licht erblickt. Weiche, du Witzfigur! Überlasse den Saal dem einzig wahren Herrscher!"

Lysande hörte mit wachsender Panik sich entfernende Schritte. Das leise Quietschen der Tür besagte, dass sie mit dem Kerl allein zurückblieb. Ihr war bewusst, dass sie in diesem Augenblick dem Verrückten nun ganz allein ausgeliefert war. Hatte sie eben noch das Weibsbild, dass für ihn die Drecksarbeit gemacht hatte, gehasst, so wünschte sie sich dieses Weib nun doch zurück.

„Dann wollen wir mal." Der Strick, der den Sack an Ort und Stelle hielt, wurde gelöst und das eklige Gewebe über ihren Kopf gezogen. Erleichtert holte Lysande tief Luft, kaum, dass sie zumindest obenrum frei war. Aber der Atemzug blieb ihr im Hals stecken. So ein vermaledeiter Kram.

Nicht der. Jeder, durfte sie ihrethalben entführen, aber bitte nicht diese Missgeburt der Gipswerkstatt.

„Hallo, meine Schöne."

Ausgerechnet der schmierige Kaiser Nero streichelte mit einem seiner, mit protzigen Goldringen geschmückten, Wurstfinger über Lysandes zarte Wange. Die unsympathische Gipsstatue des römischen Imperators war als schlimmster Verführer der ganzen Sammlung verschrien, der dabei absolut kein Gehör für das Wörtchen „Nein" hatte. Nicht wenige seiner sogenannten „Geliebten" blieben traumatisiert zurück, wenn sie es geschafft hatten, die Liaison zu beenden.

Während Lysande noch zu verarbeiten versuchte, dass ausgerechnet sie zu Neros aktueller Eroberung bestimmt war, legte der Imperator beide Hände um ihr Gesicht und drückte seine fettig glänzenden Lippen auf ihren zarten, erdbeerroten Mund. Lysande wand sich, um von ihm wegzukommen, aber vergebens. Ihr restlicher Körper steckte ja nach wie vor in dem Plastiksack fest und war mit fester Paketschnur umwickelt wie eine Presswurst.

„Ruhig, Engelchen. Nicht so ungeduldig, du wirst schnell genug die Meine. Wir haben alle Zeit der Welt."

Lysande konnte sich nichts Schlimmeres vorstellen.

Endlich löste Nero sich von ihr.

„Dann wollen wir das Geschenk mal auspacken. Ich freue mich seit Tagen auf dich, Liebes. Mal sehen, was der Weihnachtsmann mir da schon vorfristig so Herrliches gebracht hat." Nero begann, mit einem kleinen Messer den Sack zu zerfetzen, ohne dabei Lysandes Fesseln zu lösen. Sorgfältig schnitt er so, dass die Stricke intakt blieben.

Sie beschloss, sein Verhalten zu spiegeln, um zumindest den Versuch zu wagen, ihn zu verwirren. Eingebildet beherrschte sie auch. Und hochgestochen daherzureden war eines ihrer einfachsten Talente. Vom Beleidigen und Naserümpfen mal abgesehen. Bah. Mit Nero wurde sie spielend fertig, wenn es um den verbalen Austausch von Boshaftigkeiten ging. Er hatte die Meisterin herausgefordert und nun sollte er bitteschön sehen, was er davon hatte.

„Glaub nur nicht, dass du mich bekommen kannst. Ich bin die älteste, wunderbarste Tänzerin im ganzen Haus und stamme aus der edelsten Manufaktur der Welt. Niemals gebe ich mich einer schnöden Gipsfigur hin. Und dir schon gar nicht. Du bist ein ungehobelter Kerl ohne Manieren. Kein echter Mann würde sich einer Dame aufdrängen. Du bist ein Schwächling, Imperator." Sie spuckte aus und traf zielsicher Neros bleiche Wange. Der Kaiser erstarrte kurz und richtete sich auf.

Mit theatralischer Geste wischte er sich Lysandes Speichel aus dem Gesicht, bevor er mit dem besudelten Zeigefinger ihr Kinn anhob. Sie drehte den Kopf, um seinem stechenden Blick zu entkommen, aber Nero griff mit der anderen Hand an ihren Hinterkopf und fixierte sie mit resolutem Griff.

„So schön und so widerspenstig. Es wird mir eine Freude sein, das Kätzchen zu zähmen." So nicht.

Nero. Sie. Zähmen. Niemals.

Lysande begann zu schreien, so laut sie konnte. Irgendjemand würde sie hören. So gewaltig waren die Ausmaße des Zwingers nun auch nicht, dass nicht irgendwo eine Person in Hörweite war.

Nero hingegen, stöhnte genervt und griff mit einer Hand nach dem Sack. Blitzschnell riss er einen Streifen herunter und stopfte ihr diesen in den Mund. Entsetzt schaute Lysande zu ihm auf.

Er wagte es.

Sie, die Wertvollste Person in der Porzellansammlung, vielleicht sogar dem ganzen Zwinger, wurde von einem bröckeligen Gipsabguss geknebelt? Was bildete der Mistkerl sich hier eigentlich ein? So ging niemand mit Lysande aus Meißen um. Das würde er noch büßen, sobald sie seiner Gefangenschaft entkam.

Und sie würde entkommen. Dabei war es egal, ob sie hinterher Restaurationsbedarf anzumelden hätte.

„Dann wollen wir mal überlegen, wie wir das Vögelchen von uns überzeugen." Nero durchquerte den Raum, den Lysande nun als eine der Abstellkammern erkannte, die derzeit nicht genutzt wurden. Im nächsten Sommer sollten die Räumlichkeiten aufwändig renoviert werden, weshalb sie bereits leer standen. Außerdem waren die Fenster nicht mehr dicht. Und das Dach über ihnen ebenso wenig.

Was einer der Hauptgründe für die Renovierung war. Nero schob einen Stuhl hinter sie und schubste sie darauf.

Er schnitt ein Stück von einer Rolle mit dickem Nylonstrick ab, die irgendjemand hier zurückgelassen hatte und band Lysande sorgfältig an den Stuhl, bevor er die alte Verschnürung löste.

„So, meine Geliebte. Ich will ja mal nicht so sein. Du hast nun bis kurz vor Sonnenaufgang Zeit zum Nachdenken. Ich werde mich in der Zwischenzeit meinen Geschäften widmen." Mit diesen Worten zog Nero die Tür der Abstellkammer hinter sich zu und ließ Lysande allein in ihrem Gefängnis zurück.

Das durfte jetzt nun wahrhaftig nicht wahr sein. Er ließ sie jetzt nicht wirklich hier verschnürt und geknebelt zurück? Doch die Tür bleib verschlossen.

Als die Stunden verrannen, verging auch ihr Mut. Stumm weinend hing sie in ihrem unbequemen Stuhl und wagte kaum zu hoffen.

Immer wieder sah sie den schneidigen Serpan vor sich, der sie ganz bestimmt retten würde. Und dann würde sie ihm ihre Gunst gewähren.

Aber hin und wieder trug Serpan dabei ein anderes Gesicht. Lysande begann, an sich selbst zu zweifeln. Wenn das hier noch lange dauerte, dann drehte sie ganz gewiss völlig durch. Ihr Retter würde ganz sicher der drahtige Wächter sein, aber warum trug dieser ausgerechnet das Antlitz Johann Sebastian Bachs? Bestimmt war es, weil ihre Spieluhr hin und wieder surrende Geräusche von sich gab. Immerhin handelte es sich bei dem eingebauten Musikstück um eines, dass dem Musiker zu Lebzeiten sehr am Herzen gelegen hatte.

Mit Sicherheit war das der Grund.

*****

4

Serpan suchte aus einem großen Ordner, der normalerweise fest verschlossen im Safe des Büros der Chefin ruhte, die Telefonnummer der Sonderermittlerin des magischen Rates aus Frau Holles Wilder Jagd heraus. Dieses Wesen, was immer es war, stellte das Bindeglied der Jagd zu den Behörden dar, wenn es sich um nicht gesetzeskonforme Vorkommnisse handelte.

Frau Holle hatte vor Jahrhunderten erkämpft, dass nur diese Ermittlerin in ihren Reihen nach Übeltätern forschen durfte. Außenstehenden war es untersagt, die Jagenden zu verhören oder gar abzustrafen. Die Daten dieser Person waren handschriftlich auf altem, hochfeinem Pergament hinterlegt worden. Inclusive einer erstklassigen Tuschezeichnung. Die erwähnte Luise Windsbraut hatte allerdings nicht nur einen magischen Ruf, sie besaß außerdem eine Mobilfunknummer, ebenso wie einen Facebook- und einen Instagram-Account. Sogar ihr YouTube-Channel, den sie als ein sogenannter Sturmjäger betrieb, war auf dem Bogen erwähnt.

Offenbar war sie Ermittlerin und Multi-Media-Werbetussi der Frau Holle in Personalunion.

Was auch Vorteile mit sich brachte, wie Serpan sich nur zu gut vorstellen konnte. Wenn sie die Jagd jedes Mal bei den Ausflügen filmte, dann gab es auch gleichzeitig Beweismaterial, dass gesichtet werden konnte.

Insoweit war es wirklich schlau von Frau Holle, die Windsbraut mit einer Actioncam auszustatten.

Wobei er das schon gern einmal sehen wollte. Nutzte sie einen Helm oder gar einen der doch beim Luftreisen eher unpraktischen Selfiesticks? Oder flog die Kamera magisch aufgeladen von allein mit dem Sturm?

Aber, bevor er sich solchen Fragen widmen konnte, musste erst einmal Lysande wieder an ihrem Platz stehen. Und zwar, bevor das Weihnachtsfest anbrach.

Nachdem er die Nummer auf dem Pergament gewählt hatte, nahm die Windsbraut beinahe augenblicklich das Gespräch an.

Serpan stellte sich vor. Nach einem kurzen Austausch der alten Grußformeln erklärte er ihr das Problem und wie man darauf gekommen war, Mitfliegende der Jagd zu verdächtigen. Das allein war zwar schon ein gewaltiger Affront, aber er hoffte, dass diese Mitarbeiterin bei Frau Holle nicht sofort seinen Kopf forderte. Immerhin klang sie ganz zugänglich, mit ihrer klaren Stimme und der weichen Aussprache.

Luise Windsbraut versprach ihm dann auch, mit der Chefin zu reden und sich im Umfeld der Jagd umzusehen, sowie die Ohren aufzusperren.

Aber versprechen wollte sie nichts. Allerdings drohte sie ihm auch nicht mit allerlei schmerzhaften Todesarten, was sich für Serpan schon wie ein Erfolg anfühlte.

Sie verabredeten sich für den frühen Abend, wenn die Besucher den Zwinger verlassen hätten, auf dem Dach des Kronentors. Die Sonne würde auf Serpans Wohnseite bereits verschwunden sein und ihm damit auch ein relativ zeitiges Treffen ermöglichen.

Dieses spezielle Torgebäude war einer der offiziellen Zugänge zum Zwinger, den auch die paranormalen Wesen zu nutzen gezwungen waren. Niemand konnte den Zwinger durch Teleportation oder andere magische Weisen betreten. Irgendeine Hexe hatte den Komplex kurz nach seiner Errichtung mit einem entsprechenden, äußerst wirkungsvollen, Zauber belegt.

Als Serpan kurz vor der Morgendämmerung zu seinem Tagesplatz eilte, war von Lysande nach wie vor nichts zu sehen gewesen. Wie alle anderen Zwingerbewohner und die menschlichen Mitarbeiter auch, sorgte er sich um die zarte, selbstbewusste Schönheit mit der arroganten Attitüde, die über ihr wahres Wesen hinwegtäuschte. Jahrelang hatte er sie heimlich angehimmelt. Die zarte Röte ihrer Wangen, die geschmeidigen Bewegungen die sie als gute Tänzerin auszeichneten, all das war für ihn eine große Verlockung gewesen. Allein sie hatte ihn mit eiskalter Schulter abgewiesen, obwohl er sich sicher war, in ihren Augen Interesse bemerkt zu haben. Ob er danach verstärkt um sie hätte kämpfen sollen? Manche Frauen wollten ja erobert werden, aber Serpan war sich bei dem Gedanken blöd vorgekommen.

Entweder ein Weibsbild wollte einen oder nicht. Mit diesen weiblichen Ränkespielen konnte er nichts anfangen, er verstand den Sinn hinter solchem Kram einfach nicht.

Serpan legte seine Uniform sorgfältig zusammen und verschloss diese in einem der Spinde. Die verbeulten Blechschränke waren vor vielen Jahren neben der Dachluke, die nahe seinem Platz die Verbindung ins Innere des Hauses darstellte, aufgestellt worden. Irgendjemand hatte sich damals über die nackten Gargoyles beschwert, die allabendlich zu den Gemeinschafträumen unterwegs gewesen waren. Woraufhin Baso die Dinger aus einer abbruchreifen Sporthalle „ausgeliehen" hatte.

Serpan streckte und legte sich haargenau in dem Augenblick auf seinen Ruheort auf dem Dachfirst, als die ersten Strahlen der Sonne über den Horizont lugten. Mit dem zwar etwas matten, aber goldenen Leuchten, wandelte sich sein Körper und wurde hart wie der Sandstein, aus dem er vor über fünfhundert Jahren geschnitten worden war.

Das waren noch anstrengende Zeiten gewesen, als er tagtäglich das Regenwasser vom Dach einer Kirche gespien hatte. Die meisten seiner Art waren des Nachts zu müde gewesen, um viel zu unternehmen und wenn es regnete, waren sie auch in der Nachtform an ihren Platz gebunden. Heutzutage waren seinesgleichen tagsüber nur noch Zierrat. Die Arbeit erledigten moderne Wasserabläufe und Regenrinnen.

Gargoyles, wie er einer nun einmal war, dienten heutzutage untertags nur noch als Zierrat und Wächter.

Überaus nutzbringende Wächter.

Ein Gebäude mit Gargoyles auf dem Dach brauchte kaum Kameras im Außenbereich, da die steinerne Bruderschaft auch in ihrer festen Form alles im Blick behielt. Serpan, den man einst in der Form einer dämonischen Schlange aus rötlichem Sandstein geschnitten hatte, richtete seinen Blick untertags auf eines der großen Fenster, die Licht in den Saal der Porzellansammlung brachten. In diesem war normalerweise auch Lysande zu bewundern, deren Sockel nun verwaist stand. Hinter den Scheiben, in denen sich das Morgenlicht spiegelte, herrschte trotz der frühen Stunde rege Betriebsamkeit. Die Figuren hatten sich soeben auf ihre Sockel und in die Vitrinen begeben und die Putzkolonne wischte flink noch einmal durch.

Serpan erkannte zwei Herren von der Museumsleitung, welche drei wichtig aussehende Polizeibeamte und einen Staatsanwalt durch den Saal führten. Er kannte den Vertreter der Gerichtsbarkeit bereits, denn dieser hatte am späten Abend bereits gemeinsam mit den Beamten der benachbarten Polizeiwache die ersten Vernehmungen durchgeführt. Was sich als schwierig entpuppt hatte, war er doch keiner der Menschen, die in das wahre Treiben im Haus eingeweiht waren.

Ein jedes Wort musste auf die Goldwaage gelegt werden und die wahren Zeugen konnten nicht befragt werden.

Aber zum Glück waren wenigstens die Polizisten mit den nächtlichen Gepflogenheiten hinter den verschlossenen Türen insoweit vertraut, dass sie wussten, wann sie den Juristen vom Thema abzulenken hatten.

Während Serpan beobachtete, wie die Gruppe um die Podeste ging und in jede noch so kleine Ecke schaute, dachte er über die hochnäsige Lysande nach. Die Tänzerin hatte ebenso viele Bewunderer wie Feinde. Was sie betraf, teilten sich die Bewohner des Zwingers in zwei Lager. Dazwischen gab es nicht viel. Entweder man liebte oder hasste sie. Dabei war Lysande eine vielschichtige Person, wenn man sich einmal die Mühe gemacht hatte, hinter ihre arrogante Fassade zu schauen. Sie war im Laufe der Zeit oft verletzt worden.

Beginnend mit dem starken August. Der Herrscher hatte sie erworben und seiner damaligen Liebsten geschenkt, die ganz entzückt von der grazilen Ballerina gewesen war. Laut Lysandes seltenen Erzählungen über diese Zeit drehte sich ihre Spieluhr stundenlang und das jeden Tag.

Bis die Herzensdame dann zu einem Weihnachtsfest ein neues Spielzeug bekam.

Auf der neuen Uhr tanzte ausgerechnet ein Pärchen.

Und Pärchen schlug Tänzerin.

Lysande fiel in Ungnade. Sie wurde einfach so abgeschoben und landete auf der Marmorumrandung eines Kamins in einem der selten genutzten Gästezimmer.

Dort waren ihre einzige Gesellschaft leicht angeschlagene Porzellanpferde und staubige Bronzebüsten von längst verstorbenen Herrschern.

Einzig Anna Magdalena, die zweite Gemahlin des großen Komponisten Johann Sebastian Bach, hatte sie immer wieder mal aufgezogen. Die neue Heimat Lysandes war das Quartier Anna Magdalenas, wenn sie hin und wieder mitsamt ihrem Basti Bach zu Besuch kam. Anna liebte das geklimpert vorgetragene Menuett, welches sich auch in einem Notenbüchlein befand, dass ihr geliebter Basti nur für sie zusammengestellt hatte. Bachs Bronze im Statuensaal lauschte immer noch sehnsüchtig, wenn die Klänge von Petzolds Menuett ertönten.

Genauso wehmütig, wie er manchmal, wenn er sich unbeobachtet wähnte, das einzige Gemälde betrachtete, auf dem sein Abbild und das der Anna Magdalena verewigt waren. Aber das Paar in dem winzigen Bild hatte nur Augen füreinander und in seiner Verliebtheit kein Verständnis für ein anderes Bildnis des Komponisten. Außer wenn es um den gemalten Sebastian ging, war die Anna aus dem Bild einfach nur eine missgünstige Ziege. Und das Bild hing daher, nach Serpans unbedeutender Meinung, zurecht in einer unauffälligen Ecke der Gemäldegalerie.

Serpan ließ den Blick schweifen, soweit es seine Position ihm ermöglichte. Irgendwas an des bronzenen Bastis Verhalten in der Nacht hatte ihn gestört.

Er war sich nicht sicher, ob der Musiker die Worte des Glockenspiels haargenau übersetzt hatte. Aber warum sollte er das getan haben? Irgendwie war Bach steif gewesen, als hätte er den Ladestock einer Vorderladerflinte verschluckt. Also, noch steifer als sonst. Diese barocken Künstler hatten, ebenso wie die Adligen dieser Epoche, ja sowieso schon gefühlt einen solchen intus. Haltung ging denen über alles. Aber Basti hatte sich letzte Nacht eben besonders aufrecht gehalten. Oder fühlten Bronzen das schreckliche Wetter? Ihm selber fuhren Kälte und Feuchtigkeit immer tief ins Gestein. Kam dann noch Frost dazu, konnte ihm sogar ein Stück abplatzen, was einen unangenehmen Aufenthalt im Restaurationssaal nach sich zog.

Eine kalte, nasse Bö erwischte Serpan und wehte ihm lasches, eklig feuchtes Laub ins Gesicht. Er meinte, ein helles Kichern zu hören, als die braunen Eichenblätter mit dem nächsten Windstoß weiterflogen. Eine löchrige Plastiktüte verfing sich an seiner Schwanzspitze und wedelte daran wie ein zerlumptes Fähnchen im wieder auffrischendem Wind. Mehrfach meinte Serpan im Tagesverlauf schemenhafte Wesen zu erkennen, die um die Gebäude des Zwingers flogen, bis zur Frauenkirche rasten und in einem weiten Bogen zurückkamen. Sie trugen den Duft nach dem nahenden Winter mit sich, auch wenn es noch zu warm für dauerhaften Schneefall war. Mit dem Einbruch der Nacht würden sich die Wassertröpfchen, die aus den Wolken sprühten, ganz gewiß zu winzigen Kristallen wandeln.

Als der Wind sich nach der Mittagszeit zum Sturm bauschte, suchten immer häufiger Menschen Schutz und Ablenkung in den Museen.

Und Serpan konnte ihnen nachfühlen. Was gab es Schöneres, als bei richtigem Mistwetter durch die ehrwürdigen Säle zu wandeln und sich von den Schönheiten der Vergangenheit berauschen zu lassen? Es sei denn, man war damit beschäftigt, Kinder daran zu hindern, Vasen aus den alten chinesischen Dynastien umzuwerfen oder einem antiken Kaiser Kaugummi hinter die Ohren zu kleben. Nero hatte sich erst kürzlich mit näselnder Stimme über eine solche Untat beschwert. Wie man denn einem Imperator, der zu Lebzeiten über ein riesiges Reich geherrscht hatte, solch niedere Ekelhaftigkeiten antun könne. Das war seine Wortwahl gewesen, wie Serpan sich erinnerte. Elena, eine Gargoyle, die über der Gemäldegalerie wohnte, beschloss daraufhin, „Elkelhaftigkeit" zu ihrem neuen Lieblingswort zu küren. Seitdem ging sie allen Wächtern damit mächtig gewaltig auf den Senkel. Wobei auch Serpan sich bereits dabei erwischt hatte, geziert mit der Hand abzuwinken und sich des Wortes zu bedienen. Vor allem, nachdem die Wächter herausgefunden hatten, wie herrlich Nero sich darüber aufregen konnte, dass man es wagte, ihn nachzuäffen.

In den Museen gingen die Lichter zeitiger als normal an, da der Sturm nun dicke Wolken mit sich trieb, die das sowieso schon matte Tageslicht fast völlig schluckten.

Serpan spürte, wie sich seine Muskeln lockerten. Über dem Dachfirst erkannte er Baso vom Hohenfels, der sich seinerseits bereits der Dunkelheit entgegenreckte. Wie es aussah, begann die Schicht der steinernen Wächter heute früher als geplant. Was Serpan sehr zu recht kam, denn nicht nur ihm war bewusst, dass es die Jagd war, die seit Stunden nicht nur durch die Dresdner Altstadt fegte.

Er war gespannt, wann sich Luise Windsbraut zu ihm gesellen würde. Ausgerechnet heute klemmte die Tür seines Spindes und er verbrachte mehrere Minuten damit, völlig nackt mit einem Schraubenzieher im Türspalt herumzustochern. Endlich löste sich die verzogene Tür und gab seine Kleider frei.

Er war eben in seine Uniform geschlüpft, als sich ein weibliches Wesen auf einem der unscheinbaren Schornsteine, die sich nahe der Dachluke befanden, materialisierte.

Und was für eines. Eine wohlgebaute Schönheit mit wehenden, hüftlangen Haaren von den wundervollen, leuchtenden Farben des Indian Summer winkte ihm zu.

Luise Windsbraut war ein außergewöhnlich wohl anzuschauender Luftikus der allerersten Güte. Ein Geist der Winde, wie er perfekter nicht sein konnte. Während Baso nach einem flüchtigen Blick auf die Sonderermittlerin die Treppe nach unten nahm, näherte sich Serpan ihr mit einer Verbeugung, wie es seit Urzeiten üblich war. Die Ermittlerin sprang vom Schornstein und knickste ebenso artig.

„Genug der Höflichkeiten, Steinerner." Sie trat neben ihn, zog kurzerhand ein Tablet aus ihrem mit buntem Laub bedruckten Rucksack und fuhr es hoch.

„Zuerst kommen wir zur schlechten Nachricht. Ich muss euch Wächtern des altehrwürdigen Zwingers mitteilen, dass kein Mitfliegender der Jagd ein belebtes Wesen entführen würde. Und es hat auch niemand getan. Dafür legt die Chefin ihre Hand ins Feuer. Und die Befragungen haben auch nichts anderes ergeben. Aber nichts desto trotz kann ich trotzdem etwas zur Aufklärung eures Problems beitragen." Sie tippte auf ein Icon und öffnete ein Video.

„Schau. Unsere Kameras haben wirklich etwas aufgezeichnet, als wir vorletzte Nacht vorbeizogen. Aber es ist niemand aus unseren Reihen, der an eurer tanzenden Grazie interessiert scheint. Der Täter kommt aus dem Umfeld eures Hauses, mein Lieber. Die Jagd ist damit raus aus dem Kreis der Verdächtigen." Serpan trat zu ihr und besah das Video, welches gerade ablief. So ein Schlamassel.

*****

56

5

Lysandes Gedankenkarussell drehte sich seit Stunden schneller, als ihre Spieluhr es zu ihren besten Zeiten gekonnt hatte. Sie musste unbedingt einen Ausweg aus dieser bescheuerten Situation finden.

Der blasse und noch blasiertere Nero hatte sie ja nicht mehr alle. Sie kannte den widerlichen Typen zur Genüge vom letzten Aufenthalt im Restaurationssaal, wo man ihr Spielwerk gereinigt und aufpoliert hatte.

Nero hatte durchgehend umhergenörgelt, dass er vom Publikum gemobbt würde. Gleichzeitig hatte er allen weiblichen Wesenheiten auf seine unangenehm schmierige Art schöne Augen gemacht und sie alle mit seinen grenzwertig ungehörigen Äußerungen abgeschreckt.

Welche Frau wollte sich schon auf Hinterteil, Brüste und Lippen reduzieren lassen? Jedenfalls keine, die etwas auf sich hielt.

Zu kaum einer Zeit waren solch unverfrorene Anzüglichkeiten beliebt gewesen. Es sei denn, frau war eine Dienerin des Lustgewerbes. Aber ansonsten wohl eher nicht. Lysande schüttelte sich allein beim Gedanken an des Imperators schlüpfrige Äußerungen.

Wie gesagt, so etwas ging einfach gar nicht.

Der Tag war noch nicht bis zum Mittag fortgeschritten, als jemand die Tür zum Lagerraum öffnete.

Lysande erkannte in der Eintretenden eine der ungelernten Museumsangestellten. Die Frauen waren zumeist nur dafür da, die Objekte oder Gemälde von einem Ort zum anderen zu bringen. Und genau das geschah soeben.

Auf einer Sackkarre schob das brünette Mädel ausgerechnet die Gipsstatue des Kaisers Nero herein.

Innerlich stöhnte sie auf.

Schlimmer konnte es jetzt und hier wirklich nicht kommen. Nun hatte Lysande nicht einmal mehr bei Tageslicht ihre Ruhe. Die Mitarbeiterin platzierte den Kaiser genau gegenüber von Lysandes Platz und richtete ihn aus. Der gipsstarre Blick des lüsternen Imperators war nun voll und ganz auf sie gerichtet.

Das konnte einfach kein Zufall sein. Diese Gehilfin war die vom Vortag und in alles eingeweiht, da war Lysande sich nun absolut sicher. Wie auch immer Nero sie dazu gebracht hatte, für ihn kriminell zu werden, sie schien keinerlei schlechtes Gewissen zu plagen.

Die plötzliche Restaurationsbedürftigkeit des Kaisers bewies es doch völlig, dass hier ein abgekartetes Spiel gespielt wurde. Vor allem, wenn er in eine eigentlich ungenutzte Dachkammer verbracht wurde, in der zufällig Lysande von ebenjenem Kaiser gefangen gehalten wurde.

Als dann auch noch die Rollläden vor den beiden Fenstern herabgelassen wurden, spürte Lysande eine waschechte Panikattacke in sich aufsteigen.

Der verfluchte Nero würde auf diese Art in wenigen Sekunden im wahrsten Wortsinn völlig freie Hand haben, denn mit dem Dämmerlicht erwachte nicht nur Lysande aus der Starre, die der Tag ihresgleichen auferlegte.

Lysande drückte sich fester gegen die Lehne ihres Stuhls.

„Na, meine Schöne? Kannst du es auch nicht erwarten, endlich meine Umarmung zu spüren?" Neros Augenbrauen wackelten anzüglich, als er sich Lysande noch ein wenig ungelenk näherte. Mit jedem Schritt kehrte allerdings seine Beweglichkeit und damit auch die arrogante Ekelhaftigkeit des Kaisers zurück.

Er winkte der Mitarbeiterin mit der Hand, dass sie sich entfernen solle und warf dieser eine Kusshand zu. Die Helferin antwortete ihm mit einem schmachtenden Blick.

So wie diese dreinsah, würde sie alles tun, um Nero glücklich zu machen. Und wenn es ein Spielchen zu dritt wäre. Lysande verstand. Sie war in den Imperator verknallt.

„Leider muss ich zurück. Lasst es euch gut gehen, meine Süßen und tut nichts, was ich nicht auch täte!" Und sie hatte offenbar nichts gegen eine Menage a Trois.

Lysande wuchs noch in ihre strammen Fesseln herein, als Nero sich auch bereits breit grinsend mit lüsternem Blick vor ihr aufbaute.

„Keiner wird uns stören. Heute erkläre ich dir, wie ich mir unsere gemeinsame Zukunft vorstelle. Und heute Abend mache ich dich dann zu der meinen."

*****

6

Der kalte Wind war schon seit Stunden zum Wintersturm angeschwollen, der nicht nur Serpan steif um die Nase blies und dabei jede Menge Unrat bis aufs Dach des ehrwürdigen Kronentors brachte. Vor wenigen Minuten war Serpan sogar von eine Plastikdose am Kopf angebumst worden. Das Ding hatte die Ausmaße eines veritablen Küchentischs gehabt. Gefühlt zumindest.

Aber ein bis zwei Brote konnten da mit Sicherheit reingepackt werden. Nachdem Luise letzte Nacht zurück zu Frau Holle geflogen war, hatten sie begonnen, die Übeltäter zu suchen, waren aber leider gescheitert. Die arme Lysande befand sich nach wie vor in den Händen ihrer Entführer. Denn die Aufnahmen Luises hatten gezeigt, dass es sich um mindestens zwei Personen handelte, die in das Verbrechen verstrickt waren. Serpan ging zum wiederholten Mal alle Fakten durch, die sie zusammengetragen hatten. Ihm fiel nichts ein. Irgendetwas übersahen sie. Im Haus der Frau, welche Luise aus ihrer Vitrine geholt hatte, war sie nicht gefunden worden. Außerdem konnte sie nachweisen, dass sie Überstunden geschoben hatte, in deren Verlauf sie im Zwinger genächtigt hatte. Es war einfach nichts aus ihr herauszubekommen gewesen. Mit dem Einbruch der Nacht sollte er Luise Windsbraut erneut zu sich rufen und sie fragen, ob es nicht noch mehr Aufzeichnungen gäbe. Vor allem, da die Mitarbeiterin inzwischen verschwunden war.

Der allgegenwärtige Regen ging immer wieder in dicke Klumpen nassen, matschigen Schnees über, der sich unangenehm in jede Ritze seines Steins klebte. Er spürte förmlich, wie der Sandstein das eisige Wasser einsog. In dieser Form brachte eigentlich kaum ein Wetter einen Gargoyle zum Frieren, aber nasser Schneematsch erwies sich dabei alljährlich als über allen Dingen stehend.

„Herr Serpan?" Die helle Stimme trug den Klang eines Weihnachtsglöckchens in sich, als sich die zierliche Luise nahe seinem Tagesplatz materialisierte.

„Entschuldige, dass ich hier und jetzt störe." Die Windsbraut war schon wieder persönlich eingetroffen. Ob sie wohl dringende Neuigkeiten zu verkünden hatte? Leider würde Serpan sich erst mit dem Einbruch der Nacht rühren können.

Ein dunkles Leintuch legte sich, vom Wind wohl heraufgeweht, über Serpans Leib, wobei es ihm die Sicht auf die zauberhafte Gestalt nahm. Nicht einmal das schien ihm an diesem Tag vergönnt zu sein. Allerdings reagierte sein Körper augenblicklich auf die Abwesenheit des Lichtes und wandelte sich. Serpan streckte sich und überlegte, wie er, wenn er schon einmal beweglich war, sich mit Luise austauschen könne. Natürlich ohne sich aus der Sicherheit der Dunkelheit zu bewegen. Das Tuch waberte im Wind.

Das war ein Plan. Er würde das dunkle Laken als eine Art Mantel um sich ziehen und damit vor dem Licht geschützt sein.

Zwar würde er Luise weder sehen noch sich zu ihr hinbewegen können, aber reden war problemlos möglich. Er zog an dem grob gewebten Stoff.

Aber er war nicht allein unter dem Tuch, wie er sogleich feststellte. Das Blut schoss in seinen Kopf, als er sich unter dem eindringlichen Blick der wunderschönen, ätherischen Frau wiederfand.

Was ein Mist. Er war splitternackt mit einer Traumfrau unter einer Art Zelt gefangen. Mit allem Willen, den er aufzubringen in der Lage war, neigte er den Kopf.

„Willkommen zurück im Zwinger zu Dresden. Ich hatte erst mit dem Anbruch der Nacht mit dir gerechnet." Die glockenhelle Stimme Luises lachte leise.

„Ich konnte es mir nicht verkneifen, den Expresssturm zu nutzen, um mich untertags schon einmal hier umzuschauen. Es kommt ja immerhin nicht alle Tage vor, dass die steinerne Bruderschaft nach einem der unseren verlangt. Frau Holle ließ mir freie Hand, als ich beschloss, vorauszufliegen." Serpan kicherte nun seinerseits.

„Eine ganz ungeduldige Ermittlerin bist du also? Zu schade, dass ich dich aber vor dem Anbruch der Nacht nicht herumführe. Ich bin hier leider etwas angebunden."

„Das sagt wer? Wenn ich mit dir reden will, dann hindert mich das Licht mit Sicherheit nicht daran. Und du bist ein Bild von einem Steinernen, das muss ich schon sagen." Luise ließ sich auf einem Dachvorsprung nieder und drapierte das schwarze Tuch weitläufig um sie beide herum.

Dann zog sie eine Tasche unter ihrem weiten Umhang vor und begann, ein veritables Picknick auszubreiten.

Das Laken bauschte sich, nach einem Fingerzeig von ihr, zum Zelt und schuf damit einen gemütlichen Platz für eine Mahlzeit auf dem Dach. Sogar an bunt bestickte Kissen und eine kuschelweiche Decke zum Unterlegen hatte sie gedacht. Aus mehreren Schüsseln duftete es verführerisch nach Gebratenem und herzhaft Gewürztem. Roter Wein funkelte in einer Henkelflasche und der Inhalt einer weiteren enthielt offenbar dickflüssigen, beinahe schon schlierigen Honigwein.

Sie warf ihm einen langen Mantel zu, den Serpan sich dankbar überzog.

„Ich wusste nicht, was du magst, daher habe ich auch noch Rosinenbrötchen und Kuchen dabei."

Kuchen? Hatte die Windsbraut da etwas von Kuchen gesagt? Serpan lief das Wasser im Mund zusammen. Gutem Süßkram hatte er noch nie widerstehen können. Und wenn er riesiges, beinahe schon unverschämtes Glück hatte, hatte, dann handelte es sich um den im Thüringischen, wo die Jagd ja zu Hause war, so verbreiteten Apfelkuchen mit einer großzügigen Decke aus Rahm und brauner Butter. Luise schmunzelte, als sie seinen Gesichtsausdruck musterte. Offenbar war ihm die Gier nach dem ersehnten Rahmkuchen ins Gesicht gemeißelt.

„Ich sehe schon, du bist ein rechtes Süßmaul, Steinerner. Aber ich würde sagen, wir verputzen erstmal die herzhaften Sachen und reden dabei. Meine Informanten haben noch

63

einiges mehr entdeckt, dass für euch relevant sein könnte. Habt ihr die Entführer inzwischen gefasst?" Serpan schüttelte den Kopf.

„Wir werden sie heute Nacht aber finden und dann Gnade ihnen Gott. Sie müssen Helfer haben, die ihnen helfen, sich zu verbergen oder außergewöhnlich geschickt sein. Aber glaube, mir, das wird nicht lange funktionieren. Wir werden Lysande im Handumdrehen zurückbekommen, da kannst du sicher sein." Er machte es sich neben Luise auf einem nachtblauen Kissen gemütlich gemacht und nahm ihr ein großes Stück aus einer Schüssel mit gegrillten Spareribs ab. Der Geschmack der Marinade explodierte förmlich auf seiner Zunge. Süß, nach feinstem Whiskey und sogar ein wenig weihnachtlich nach Zimt schmeckend, brannten doch Stückchen von frischem Chili in seine Mund.

Diese Frau war Gold wert. Sie wusste haargenau, wie man einen Mann wie ihn glücklich machen konnte. Selten genug wurde man, wenn man der steinernen Bruderschaft angehörig war, zu Picknicks und Grillabenden eingeladen. Davon abgesehen war ja die Voraussetzung, dass diese Veranstaltungen nach Anbruch der Nacht stattfanden.

Trotz der Leckereien galt es, das Wesentliche nicht aus den Augen zu verlieren. Zwischen einer Gabel Kartoffelsalat einer knusprig gerösteten Hühnerkeule bedeutete er ihr, von ihren Erkenntnissen zu berichten. Luise legte ihr eigenes Besteck beiseite.

„Das, was ich jetzt zu sagen habe, dürfte dir nicht gefallen. Fakt ist schonmal, das kein Mitglied der Jagd für das Verschwinden eurer Tänzerin mitverantwortlich zu machen ist. Wie du weißt, kommt der Täter ja aus den Reihen der Zwingerbewohner. Was natürlich nicht heißt, dass niemand etwas von uns etwas angestellt hat, dass nicht trotzdem so mancher Schabernack auf die Kappe einiger Mitglieder der Jagd geht. Leider muss ich gestehen, dass die eingeworfenen Fenster auf einen fehlgeleiteten Wurf einiger etwas größerer Federbälle zurückgehen. Seit mehreren Jahren glauben einige unserer Mitjäger offenbar fest daran, dass in ihnen bedeutende Badmintonmeister reinkarniert sind. Und glaub mir das ist kein Spaß."

Serpan konnte sich das Lachen nicht verkneifen. Allein die Vorstellung, dass einige der doch aus allen Zeiten gefallenen Jäger sich die stürmische Zeit mit dem Zuspielen von überdimensionierten Federbällen vertrieben, war zu komisch. Federballspiele mitten im Sturm. Köstlich. Er schüttelte laut lachend den Kopf.

„Das ist jetzt nicht dein Ernst, oder? Die spielen bei Windstärke zehn nicht wirklich mit den Dingern? Die Fliegen doch sofort hunderte Kilometer weg oder?"

Jetzt war es an Luise Windsbraut zu kichern.

„Das kommt ganz auf die Spielgeräte an. Du glaubst doch wohl nicht etwa, dass so ein schlichter einfacher Federball es durch eine eurer Fensterscheiben geschafft hätte? Also, ich glaube schon, dass das ginge, aber unsere Spezialisten haben

65

die Dinger ein wenig in Material und Magie aufgemotzt. So ein Teil wiegt locker 5 kg, wenn nicht noch mehr. Denen hält kein Fenster stand, auch nicht die Wäsche auf der Leine oder manch älterer Gartenzaun. Die Chefin war schon mehrfach drauf und dran, das Spiel endgültig zu verbieten, aber leider würde sie sich damit schmerzhaft tief ins eigene Fleisch schneiden. Immerhin hat sie letztes Jahr den Meistertitel gewonnen und hat nicht vor, diesen wieder herzugeben."

Serpan amüsierte allein die Vorstellung, dass die gestrenge Frau Holle den Federballschläger schwang. Das Bild in seinem Kopf von einer Holle, die in ihrem spätmittelalterlichen Kleid mit Haube und Schleier den Schläger schwang, war einfach nur köstlich. Aber das würde er später genüsslich auskosten. Vielleicht durfte er sogar einmal zuschauen? Serpan schüttelte sich, um den Gedanken zu vertreiben. Erst kam die Arbeit.

„Jetzt sprich, was habt ihr sonst noch angestellt oder beobachtet? Die zerbrochenen Fenster sind eine Sache, der Diebstahl der Tänzerin Lysande von Meißen eine andere. Sie muss dringend gefunden werden, immerhin gehört sie zur belebten Gemeinschaft der Museen. Zwar wissen wir wer sie entführt hat, aber bislang immer noch nicht wohin."

Luise nickte.

„Die, oder besser gesagt der Entführer wusste genau, was er tat. Und da kommen meine kleinen Brüder ins Spiel. Sie sind winzige, verspiele Böen, die beinahe zwanghaft um jede Ecke wirbeln und nur Unsinn im Kopf haben. Sie hatten nämlich nichts Besseres zu tun, als wie die Blöden durch euer wundervolles Glockenspiel zu rasen. Sie haben in ihrem Übermut ein ganz schönes Durcheinander angerichtet. Allerdings ist ihnen dabei auch allerlei zu Ohren gekommen, was wohl nicht für die Öffentlichkeit bestimmt war. Einige der Glocken, die Jungs sind sich nicht ganz sicher, ob es sich um das As oder doch eher das Es handelte, waren in ein ernsthaftes Gebimmel vertieft, als die Burschen durchfegten. Jedenfalls wurde gerade diskutiert, dass man von einem gewissen Bach etwas nicht geglaubt hätte. Dessen Klänge wäre doch immer so rein und ehrlich gewesen, dass man ihm eigentlich keine Straftat zutrauen würde. Dieser Bach sollte etwas für einen gewissen Nero besorgen. Die Glocken haben sich wohl ziemlich echauffiert, dass Meister Bach sich darauf eingelassen hätte. Was auch immer es sein mochte."

Das durfte jetzt nicht wahr sein. So ein Mistkerl.

Serpan stand kurz davor, auszurasten, das schöne Picknick Picknick sein zu lassen. Das Basti ihn einmal so offen anlügen würde, wäre ihm bis vor zwei Minuten noch als unvorstellbar erschienen. Vermutlich hatte er das Glockenspiel während der Befragung auch noch erpresst, statt ihm Informationen über den Diebstahl zu entlocken.

„Und deine Windsgeschwister sind sich wirklich sicher, dass sie genau das verstanden haben?" Tief in seinem Herzen mochte er es immer noch nicht glauben. Jahrhundertelang hatte er die Bronzefigur von Bach für einen seiner besten Freunde gehalten. Luise schüttelte traurig den Kopf.

67

„Leider ja. Ich habe sie mehrfach befragt und auch Frau Holle hat noch mal die Frage gestellt, aber die Jungs sind sich sicher. Ein Meister Bach hat die Entführung eingefädelt."

Serpan atmete tief durch. Es brachte überhaupt nichts, jetzt nach unten stürmen zu wollen. Einerseits würde er zu Stein erstarren sobald er das schwarze Zelt verließ, andererseits war der neue Verdächtige zu dieser Zeit auch noch nicht zu sprechen. Vor dem Einbruch der Nacht konnte niemand aktiv werden.

„Also gut. Wir werden den Informationen nachgehen. Aber da das nicht vor Einbruch der Dunkelheit möglich ist, werde ich es mir auf keinen Fall nehmen lassen, den angekündigten Kuchen zu probieren." Wenn er schon auf vieles verzichten konnte, darauf nicht. Und aus einer der Dosen duftete es einfach nur zu verführerisch.

Während sie es sich nun mit Kaffee und Kuchen wieder bequem machten, erzählte Luise kleine Anekdoten aus dem Alltag der wilden Jagd.

Als die Dämmerung endlich hereinbrach, amüsierte sich Serpan gerade über eine Geschichte, in der eine weiße Frau die dicken Dezemberwolken zu Nebeldrachen umgeformt hatte und damit die Bewohner zweier Dörfer beinahe zu Tode erschreckte. Diese war dabei aber wohl die Falschen geraten, denn die am Rand eines der Dörfer lebende elfenblütige Kräuterfrau schickte der guten Aeola aus Rache einen echten Lindwurm an die Backe.

Der bleiche Hintern der weißen Frau musste wohl ziemlich Schaden genommen und noch wochenlang knallrot geleuchtet haben. Bis heute diskutierte man in der wilden Jagd darüber, ob die Mär von Rudolfs roter Nase nicht einfach nur ein Übersetzungsfehler sei. Immerhin hatten die Schreiber jener Zeit fast durchgehend eine Sauklaue.

Als sich der provisorische Zelteingang schließlich hob und Baso seinen Kopf hereinschob, war die Zeit der Scherze und Anekdoten vorbei. Dieser ließ sich auch direkt auf den neuesten Stand bringen, wobei er tapfer die Reste des opulenten Picknicks verputzte.

„So ein kakerlakiger Mist. Der Bronzebach hat die Finger im Spiel? Von Nero habe ich ja nichts anderes erwartet, aber der Basti? Egal, wie das jetzt wirkt, das glaube ich nicht. Der würde das nicht freiwillig machen, immerhin spielt Lysandes Spieluhr eines seiner Lieblingslieder."

Da hatte er recht. Irgendetwas entging ihnen. Ein missing Link vom Feinsten. Sie beschlossen, den Musiker zügig zu befragen, denn nur das konnte Aufklärung bringen.

Luise hingegen verabschiedete sich, nicht ohne Serpan einen Zettel mit ihrer privaten Handynummer zuzustecken.

Im Meetingraum, den die Museumsleitung für die Koordination der Suche nach Lysande bereitgestellt hatte, steppte bereits der Bär. Sie hatten per Funk durchgegeben, dass man den Meister Bach unbedingt sprechen müsse, aber zur Sicherheit keine weiteren Details auf diesem Weg bekanntgegeben.

Soeben wurde er von der Chefin, die in Begleitung Zerberas unterwegs war, hereingeführt. Bachs Gesichtsausdruck sprach mindestens zwölf schuldige Bände.

Der geniale Komponist war das schlechte Gewissen in Perfektion. Er sollte wohl niemals versuchen, beim Poker sein finanzielles Glück zu suchen, denn dann wäre er im Handumdrehen pleite. Oder war er doch besser, als es sein Anblick vermuten ließ? Immerhin war er es gewesen, der die Wächter in den vergangenen Nächten erfolgreich an der Nase herumgeführt hatte.

Die Chefin führte die steinernen Wächter und Bach in eines der kleineren Büros, die auf demselben Gang lagen wie der Besprechungsraum. Die gute Zerbera trabte zu einem übergroßen Hundekissen und schnappte sich einen bereitliegenden Rinderknochen. Der Knochen knirschte unter dem Biss der Höllenhündin, die sich dreimal um die eigene Achse drehte, bevor sie sich glücklich fiepend niederließ. Als alle zweibeinigen Personen endlich auf eilends herbeigebrachten Stühlen um den verschrammten Schreibtisch saßen, spielte Serpan eine Aufnahme des Glockenspiels vor, die Luise ihm überlassen hatte. Basti erbleichte so sehr, dass man seinen Kopf für den einer Gipsfigur halten konnte.

„Es tut mir leid. Ich wollte das wirklich nicht." Serpan lachte traurig auf. Das war der dämlichste Satz, den Basti in dieser Situation von sich geben konnte.

„Jetzt sag nicht, dass es einfach so passiert ist. Sprich mit uns, Basti. Ich dachte, wir wären Freunde. Und dass Lysande dir vollkommen gleich ist, würden wir alle dir sowieso nicht glauben. Wir wissen, dass du zumindest ihr Lied verehrst."

Bach seufzte laut. Der Ton schien ihm tief aus der Seele zu kommen.

„Also gut. Und ich bin froh, dass ihr mich erwischt habt, wie auch immer." Der Musiker wandte sich Serpan zu.

„Serpan, es tut mir wahrhaftig leid, dass ich dich wegen des Glockenspiels an der Nase herumgeführt habe. Du musst mir glauben, dass ich es am liebsten rückgängig machen würde. Ich war verblendet. Der Kaiser versprach mir, dafür zu sorgen, dass ich einen Flügel in den Saal bekäme. Er erzählte, dass es im Haus sogar ein Cembalo aus meiner Zeit gäbe, dass zu mir gebracht werden könnte. Außerdem glaubte ich zu diesem Zeitpunkt ihn überzeugen zu können, dass er erst das Instrument zu mir bringen sollte. Bevor ich ihm dabei helfen würde, Lysande an einen Ort zu bringen an dem er sich ihr ungestört nähern könne. Er sprach davon, sich bei seiner letzten Restauration unsterblich in sie verliebt zu haben und nie wieder auch nur eine andere anschauen zu wollen. Welch ein Narr ich doch gewesen bin. Noch während ich überlegte, wie man es am besten bewerkstelligen könnte die gute Lysande zu überreden, für einen kleinen Schaden an ihrer Glasur zu sorgen, damit sie zurück ins Restaurationskabinett käme, hat er bereits einen anderen Weg gewählt. Einen Weg den ich in seinen Einzelheiten zwar nicht kenne, der aber

71

ganz offensichtlich funktioniert hat. Und von einem Flügel oder Cembalo war plötzlich ja auch keine Rede mehr. Als Lysande verschwand, wollte ich direkt zu euch kommen und alles gestehen, was ich wusste. Aber wieder begann Nero mich zu erpressen. Er meinte, wenn ich alles erzähle, dann würde ein menschlicher Mitarbeiter des Museums behaupten, gegen Ende der Öffnungszeiten in der Nähe der Porzellansammlung gesehen zu haben, wie ich mich heimlich dort herumdrückte. Außerdem behauptete er, dass er Beweise hätte, dass ich planen würde, das Glockenspiel zu zerstören. Ich würde es aus verletztem Egoismus tun wollen. Immerhin ist ja bekannt, dass ich mir wünschte, sie würden ein Stück von mir spielen."

Einer der Beamten der magischen Strafverfolgung, der sich ebenfalls mit im Raum aufgehalten hatte schüttelte den Kopf.

„Darauf, dass auch wir über gesunden Menschenverstand verfügen und nicht jede Behauptung gleich glauben, wären Sie nicht gekommen Meister Bach?"

"Es sieht so ganz so aus. Aber immerhin ist ja bekannt, dass ich Mozart oder diesen neumodischen Musikrichtungen nicht viel abgewinnen kann. Und eine der eine der Frauen, die unsere Säle putzen, hat doch glatt behauptet; dass das Glockenspiel zu diesem Weihnachtfest extra aktiviert würde, um dieses unsägliche „Last Christmas" zu bimmeln."

„Und das hast du, großer Meister, wahrlich geglaubt? Meinst du nicht, dass die guten Dresdner uns Sturm laufen würden, wenn sie sogar vom Zwinger aus gewhamt würden?"

Als fast alle Anwesenden laut über diesen so unmöglichen Witz zu lachen begannen, schüttelte Bach niedergeschlagen den Kopf.

„Es tut mir leid. Soweit habe ich gar nicht gedacht."

„Ja, das Denken scheint im Moment allgemein nicht so ganz Ihre Stärke zu sein, verehrter Meister. Aber sei es drum. Jetzt müssen wir sehen, dass wir so schnell wie möglich diesen Nero befragen."

Der Polizeibeamte wies Baso an, ihn schleunigst zu Neros Standplatz zu bringen.

Wo die Ermittler eine für alle Seiten, auch die der Museumsleitung, überraschende Situation erwartete. Denn Nero war nach der Aussage seiner Nachbarn schon am späten Vormittag von einer Mitarbeiterin auf einer Sackkarre weggebracht worden. Einzig ein aufgestelltes Kärtchen auf dem ihm zugehörigen Podest erklärte, dass die Figur des Imperators zu dringend notwendigen Restaurationszwecken entfernt worden war.

„Bevor jemand nachfragt davon weiß ich nichts. Wie bekannt sein dürfte, haben wir ihn letzte Nacht schon gesucht und er ist unbemerkt zurückgekommen, denn heute Morgen befand sich die Statue an ihrem Platz." Die Museumschefin hatte bereits ihr Handy gezückt und verschickte hektisch mehrere Nachrichten, die auch beinahe augenblicklich beantwortet wurden.

„Keiner unserer Restauratoren weiß Bescheid, er befindet sich in keinem der Labore und auch nicht im Lager."

Sie zog ein Tablet aus ihrer großen Umhängetasche und öffnete eine Datei.

„Sein Transport wurde auch nicht in den Listen verzeichnet, er müsste also zumindest bis zum Sonnenuntergang an seinem Platz gewesen sein."

„Aber Kaiser Nero wurde wirklich zur Restauration abgeholt. Er hatte einen Riss am Finger und hat seit Tagen ganz schrecklich darüber gejammert." die meisten Figuren des Saals hatten sich inzwischen um die Gruppe versammelt. Die kleine Aphrodite, welche soeben gesprochen hatte, schüttelte verwundert den Kopf. Ihre Mitbewohner bestätigten, dass Nero lautstark über eine solche Verletzung geklagt und sogar den Verlust des Fingers befürchtet hatte.

Der Ermittler trat vor, flankiert von den steinernen Sicherheitsmännern. Er untersuchte den Sockel und das Umfeld ganz genau auf Spuren von Gips. Wäre Nero wirklich ein Finger beinahe abgefallen, musste Staub zu finden sein. Aber der Boden war blitzsauber. Auf die telefonische Nachfrage hin, bestätigte auch die verantwortliche Reinigungskraft, dass ihr kein entsprechender Staub aufgefallen sei. Die Frauen waren dafür geschult, auch auf solche Dinge zu achten.

Serpan nickte seinem direkten Vorgesetzten zu.

Sie würden sich im Laufe der Nacht jeden einzelnen Bewohner des Saals höchstpersönlich vornehmen und auf keinen Fall aufgeben, bevor nicht Licht ins Dunkel gebracht worden war.

Was allerdings schon nach einigen Minuten klar wurde war, dass diese Befragungen nichts bringen würden.

Alle Bewohner der Figurensammlung waren sich einig, dass niemand im Saal gewesen sei, der nicht da sein durfte. Es hätten sich auch untertags dort nur Personen, ob menschlich oder nicht, aufgehalten, die zum Haus gehörten.

Von den Touristengruppen abgesehen natürlich. es hatte sich auch keiner der Besucher auffällig verhalten. Also, auffälliger als üblich war.

Gutes Benehmen hatten viele Gäste im klassischen Sinn sowieso nicht mehr. Was Serpan auch verstand, stammten die meisten Bewohner der Kabinette und Säle doch aus anderen Zeitaltern und brachten kaum Verständnis für die aktuellen Sitten auf.

Die Gipsabgüsse antiker Statuen und die meisten Bronzeköpfe oder ebensolche Figuren standen sowieso nicht unbedingt im Mittelpunkt des Interesses der Besucher. Die Gemäldegalerie sowie die Porzellansammlung waren in deren Augen mit den großartigen Originalarbeiten um vieles bedeutender als die Abgüsse oder Kopien der alten Figuren.

Wie außerdem zu erwarten war, wurden die verschiedenformatigen Bronzen dabei noch häufiger fotografiert als ihre bleichen Mitbewohner.

Serpan hörte Baso seufzen, da sie bei fast jeder Befragung dieselbe Leier zu hören bekamen.

Was allerdings alle einstimmig zu berichten wussten war, dass Kaiser Nero von einer langjährigen Mitarbeiterin das

75

Hauses gleich nach Beginn der Öffnungszeit abgeholt und zur Restauration gebracht worden war.

Immerhin hatte er ja bereits tagelang um seinen fast abgebrochenen Finger gejammert. Für den bleichen Kaiser war Perfektion das einzige Schönheitsideal.

Das Problem war eben nur, dass niemand in den Restaurationssälen von einem solchen Problem des Imperators wusste.

Und es war auch kein Auftrag rausgegangen, ihn zur Reparatur zu holen.

Es blieb nichts anderes übrig, als die Mitarbeiterin aufzutreiben, welche die Statue mitgenommen und weggebracht hatte. Dabei waren sich alle sicher, dass der umtriebige Kaiser das Haus nicht verlassen hatte. Daher wurde angeordnet, den gesamten Zwinger vom Keller bis zur Dachkammer zu durchsuchen. Man bildete unter der Führung Basos jeweils Teams von zwei Mann, die sich gemeinsam auf die Suche machen sollten.

Serpan erklärte sich bereit, den zerknirschten Basti ins Team zu nehmen. Im Gegensatz zu anderen war er überzeugt das ist jetzt keinen eifrigeren Sucher geben würde als den Musiker mit dem schlechten Gewissen.

Sie hatten es übernommen, im physikalischen Kabinett nachzusehen und sich von dort aus über das Obergeschoss um den Gebäudekomplex zu arbeiten. Basti, der voran trottete, gab ein perfektes Bild des aufrichtigen Suche ab.

Die ersten Räume die sie durchschauten, wurden von keinerlei belebten Wesensarten bewohnt und waren daher schnell und einfach zu durchsuchen.

Klar erschraken sie, als ein oder zweimal einer der ausgestellten Automaten sich durch eine zufällige Berührung ratternd und quietschend in Gang setzte. Aber nirgendwo gab es keine Spur vom verschollenen Imperator oder gar der entführten Lysande.

„Weißt du Serpan, und das musst du mir wirklich glauben, ich verehre Frau Lysande viel zu sehr, um ihr auch nur ein Härchen krümmen zu können. Sie ist ein perfektes Wesen mit all ihren Eigenschaften und Fehlern. Ich verehre ihr Selbstbewusstsein, das beinahe an Arroganz grenzt. Nur so kam man zu meiner Zeit als Frau in der Gesellschaft durch, ohne sich wiederkehrenden Erniedrigungen aussetzen zu müssen. Vermutlich hat sie die Gesellschaft wahnsinnig gemacht, weil es ihr sachlichtweg egal war, was andere von ihr dachten. Sie ist ein Weib ganz nach meinem Geschmack." Serpan hob die Augenbrauen.

„Du stehst auf ein Wesen, das andere von oben herab betrachtet?" Bach schmunzelte.

„Die Frage ist doch, wer hier den anderen von oben herab betrachtet. Frau Lysande kennt einfach nur ihren Wert. Sie wird nur von jenen verurteilt, die sich ihrer nicht selbst nicht sicher sind. Solche Frauen waren zu meiner Zeit sehr selten. Die Regeln, die besagten, dass das Weib dem Manne untertan sei, haben viele Frauen nicht zur Entfaltung kommen lassen.

Wie herzerfrischend es doch war, wenn einem dann einmal eines der seltenen anderen Exemplare über den Weg lief. Meine Anna war solch ein Wesen und Frau Lysande ist es auch. Ich traf sie einmal kurz nach meiner Erschaffung im musikalischen Kabinett irgendeiner Gräfin und sie gewann fast augenblicklich meine Achtung und sogar ein Stück meines Herzens."

Serpan zog die Tür zu einem der verborgenen Treppenhäuser auf und ließ Basti vorangehen. Dass, was der Musiker da soeben vor ihm ausgebreitet hatte, warf ein völlig anderes Licht auf den Fall.

Basti war endgültig raus aus dem Kreis der Verdächtigen. Ein Bach, der in das Entführungsopfer verliebt war, konnte wahrhaft unmöglich freiwillig an der Planung dieses Verbrechens beteiligt gewesen sein.

Wobei Serpan ihm allerdings ohne Zögern glaubte, dass sich der Mann, in dessen Adern reinste Musik floss, ohne mit der Wimper zu zucken auf eine kleine Schummelei einlassen würde, um regelmäßig nächtlichen Zugriff auf ein Cembalo zu erhalten.

Während sie den ersten Stock durchkämmten, berichtete Basti von mehreren vergeblichen Versuchen, das Herz der Tänzerin für sich zu gewinnen. Wirkte sie nach außen kalt und hochnäsig, so war sie doch ein äußerst sensibles Persönchen, welchem in der Vergangenheit wohl einige Male zu oft das Herz gebrochen worden war.

Daher fiel es ihr schwer, zu vertrauen.

Serpan leuchtete mit seiner Taschenlampe unter eine Treppe, ohne seine Grübeleien zu unterbrechen.

Wenn Basti recht hatte, warum zum Kuckuck machte sie ihm selber dann immer wieder mal Avancen?

Schon mehrfach hatte Lysande ziemlich offen ihr Interesse an ihm bekundet, ihn dann aber wieder abgewiesen. Wenn er es recht bedachte, er hatte ihr jedes Mal, wenn sie ihm ihr Lächeln schenkte, vor den Kopf gestoßen, wenn er ihr erklärt hatte, dass er sich nicht für sie interessierte. Irgendwann hatte sie dann begonnen, sich immer wieder zurückzunehmen und ihm verächtliche Worte geschenkt.

So, dass er sich sicher war, dass sie ihm völlig egal war. Obwohl das nicht wirklich stimmte, wie er vor sich selber zugeben musste, denn die Tänzerin gefiel ihm ja sehr wohl. Immerhin hatte er selber ja immer wieder mal mit dem Gedanken gespielt, sie zu umwerben.

Welch ein Kuddelmuddel.

Serpan wusste augenscheinlich selber nicht, was er wollte. Und der Tänzerin ging es vermutlich ebenso.

Basti hingegen schien seit Jahrhunderten eine kleine Schwäche für sie zu haben, welche Lysande offenbar ablehnte oder zumindest gekonnt ignorierte.

Vielleicht traute sie sich einfach auch aus lauter Angst vor einer Zurückweisung nicht, ihre Gefühle zu offenbaren.

So ein Durcheinander wie mit ihm selber anzurichten, fiel ihr dann wohl leichter, weil sie damit nicht Gefahr lief, verletzt zu werden. Serpan schüttelte den Kopf, in der

Hoffnung, seine wirren Gedanken dadurch ein wenig zu sortieren. Dieser Gefühlskram ließ ihm noch den Sandstein bröseln. Außerdem gab es da ein anderes Gesicht, dass sich immer wieder vor sein inneres Auge schob.

Und Lysandes war es nicht.

Dann entdeckte er es. Eine Tür zu einem der selten genutzten Abstellräume, die zu den Restaurationssälen gehörten, war aufgebrochen worden.

*****

7

Lysande schluckte, als Nero seine feucht geschwitzten knochigen Finger auf ihren Oberschenkel legte und die Hand langsam nach oben gleiten ließ. Sie riss an ihren Fesseln.

Was aber leider den gegenteiligen Effekt mit sich brachte, als sie sich wünschte, denn die Seile gaben mitnichten nach. Viel mehr zurrte sich das Seil noch fester um ihren Körper.

„Du kannst am besten gleich aufgeben, Schätzchen. Du entkommst mir sowieso nicht. Du bist mein und niemand wird dich hier finden, wenn ich es nicht möchte. Also sei ein braves Weibsbild und tu, was ich dir sage."

Darauf konnte er lange warten.

Lysande versuchte sich zu beruhigen, indem sie langsam durch die Nase ein und ausatmete. Der Mistkerl hatte doch die Frechheit gehabt, sie wieder mit einem dreckigen Stück Nesselstoff zu knebeln, obwohl er doch behauptete, niemand könne sie hören.

„Ah. Du ergibst dich mir. Du bist doch intelligenter, als man es von solch einer Tanzpuppe wie dir vermuten würde. Ihr oberflächliches Volk nehmt doch sonst jeden Kerl, also ist es nur recht und billig, wenn du die meine wirst, Püppchen. Es wird der Höhepunkt der Weihnachtsfeierlichkeiten sein, dich als meine neue Gemahlin vorzustellen."

Niemals.

Lysande schloss die Augen.

Denk nach, sagte sie sich stumm, es musste einfach eine Lösung geben, wie sie den schmierigen Kaiser loswerden konnte. Ihn zu beleidigen war vielleicht eine Möglichkeit, wenn sie auch nicht daran glaubte, dass diesem Weg ein Erfolg beschieden sein könnte. Nero war viel zu sehr von sich selber eingenommen, um darauf zu reagieren. Obwohl? Wenn sie seine Eitelkeit ansprach, konnte es eventuell klappen. Es käme auf einen Versuch an. Zuerst galt es aber, den verflixten Knebel loszuwerden. Ob er ihr abnehmen würde, dass sie keine Luft bekam? Immerhin war das Atmen nicht wirklich essentiell und überlebensnotwendig für Ihrereins.

Eine nette Angewohnheit, die Wohlbefinden brachte ja, aber nötig? Nicht wirklich.

Lysande begann, soweit es durch den Knebel möglich war zu keuchen. Sie verdrehte die Augen, ließ den Kopf ins Genick fallen und gab vor, gleich zu ersticken. Wobei sie, nach ihrer Meinung, maßlos übertrieb, aber der Imperator verstand vermutlich nur ganz oder gar nicht.

Und wirklich. Nero begann nervös zu zappeln. Also legte sie noch eine Schippe drauf und würgte, was das Zeug hielt, in den Knebel.

Offenbar hatte sie es geschafft, dem Kaiser Angst zu machen, denn dieser löste das seidene Tuch, welches den Klumpen Nesselstoff in ihrem Mund hielt. Mit spitzen Fingern pulte er diesen flink aus ihrem Mund und ließ den nassen Batzen einfach fallen.

Mit angeekeltem Gesicht stieß er diesen in die Zimmerecke, als würde das Mäuschen ihn dort fressen. Lysande röchelte noch ein wenig weiter, um ihre Geschichte weiterhin glaubhaft zu halten.

„Du kannst wieder runterkommen. Solltest du allerdings auf die Idee kommen zu schreien, ist der Knebel schneller wieder drin, als du auch nur mit den Wimpern zucken kannst. Kapiert?" Sie nickte sicherheitshalber. Nero umrundete sie, während er die Hände gegeneinander rieb.

„Meine wunderbare Braut. Ich werde der Held im Saale sein. Nur mir ist es gelungen, die arrogante Lysande von Meißen zu erobern. Die Bewunderung aller ist mir sicher." Er versuchte, ihr einen Kuss auf die Wange zu drücken, aber sie drehte den Kopf, sodass er nur ihr Haar erwischte. Mit festem Griff zog er ihr Kinn zu sich.

„Hör einfach auf und gib dich mir hin. Du bist die Meine und Punkt. Ich bin hier der Kaiser und du nur eine kleine Tanzmaus."

Gerade zog er ihre heiß geliebten, mit winzigen Diamantkäfern besetzten, Haarnadeln aus ihrer Frisur. Es war eindeutig Zeit für den nächsten Angriff auf des Imperators Eitelkeit.

„Nimm deine dreckigen Finger aus meiner Frisur. Du hinterlässt überall Gipsstaub und ruinierst damit meine Farbe! Und ich hasse Gips, der trocknet mein Haar so aus und macht mich blass!"

Nero wickelte sich eine ihrer kastanienbraunen Strähnen um die Hand und zog ziemlich fest.

„Wo ich meine Finger hintue, hast nicht du zu bestimmen, mein Täubchen. Außerdem solltest du stolz darauf sein, wenn ich mich auf dir verewige." Das schlug dem Fass doch den Boden aus. Lysande schloss kurz die Augen.

„Jetzt pass mal auf, du Möchtegerncäsar. Du bist nur eine Gipsfigur, mehr nicht. Ich hingegen bin das, was entsteht, wenn schnöder Gips als Form für edles Porzellan dient. Ein Hilfsstoff ist er, der Gips. Zwar ist er genau genommen in seinem Grundstoff fast dasselbe Mineral wie Marmor, aber eben nur beinahe. Die schicken, glänzenden Kristalle fehlen dir. Und somit stehst du in der Hackordnung unter mir, Nero. Weit unter mir." Nero pumpte sich förmlich auf. Wenn er sich weiter so aufregte, würde er noch platzen oder zumindest Risse bekommen.

„Lass den Mist, Tanzmariechen. Ich, der große Nero, brillantester aller Kaiser des römischen Imperiums, lasse mir von einer wie dir nicht sagen, dass ich wertlos sei. Das wirst du mir büßen."

Er griff um ihren Oberkörper, um sie an sich zu reißen, allerdings waren die Fesseln im Weg. Lysande wurde mitsamt dem Stuhl nach oben gezogen und prallte gegen den hageren Mann. Der prompt das Gleichgewicht verlor und nach hinten umschlug. Sie kam zu ihrem Leidwesen auf ihm zu liegen. Da er die Arme, fest wie Schraubstöcke, um sie gepresst hielt, musste sie an Ort und Stelle verharren.

Der Stuhl unter ihrem Hinterteil blieb ebenso wo er war. Während Nero nach Luft schnappte, versuchte Lysande einen ihrer Füße so zu heben, dass sie dem Kaiser dorthin treten konnte, wo es auch einen Imperator am meisten schmerzte.

Und da sie eine überaus gelenkige Ballerina war, die ihr Training nie schleifen ließ, traf sie auch.

Stöhnend ließ Nero los. Seine Arme öffneten sich und die rechte Hand schob sich zwischen sie, um zu schützen, was noch zu retten war.

Lysande stieß sich ab und rollte auf die Seite, wo sie allerdings hilflos liegen blieb. Einen Augenblick nahm sie sich die Zeit, den jammernden Nero zu betrachten. Dieser rollte sich auf der Seite zusammen und atmete hektisch gegen den Schmerz.

Mit dem Stuhl am Hintern war es ihr leider nicht möglich, aufzustehen. Aber wenn sie es auf die Knie schaffte, konnte sie eventuell von ihm wegkrabbeln. Wie eine missgebildete Schildkröte zwar, aber besser als sich tatenlos zu ergeben, war es allemal.

Nero fasste sich leider flinker wieder, als gedacht.

„Du wagst es?" Er hatte den Stuhl schneller, als Lysande denken konnte, wieder aufgestellt und stützte sich nun auf ihren Oberschenkeln ab, die Nase direkt vor der ihren.

„Hör gut zu. Ich werde das nur einmal sagen, Porzellantussi. Ich habe hier das Sagen. Du bist mein Eigentum und wirst dich gefälligst auch so verhalten. Als mein Weib gehörst du mir. Eine eigene Meinung steht dir nicht zu. Wem die Ehre zuteilwird, den göttlichen Cesaren zu ehelichen, die hat sich gefälligst dementsprechend zu benehmen, wenn sie sich nicht eingesperrt wiederfinden will."

„Eingesperrt hast du mich ja schon, wie willst du das denn noch steigern, Nero? Zerbrichst du mich? Werde ich hingerichtet, wenn ich nicht spure?"

Nero zog doch glatt einen mit großen, blutroten Rubinen besetzten Dolch aus einer verborgenen Tasche seiner Tunika. Mist. Mist, Mist, Mist.

Lysande wurde augenblicklich übel. Sie kniff die Augen zu, wollte gar nicht sehen, was er vorhatte. Oder doch? Der würde es doch nicht wagen? Aber ein Dolch war doch besser als ein Hammer?

Oder? Oder? Sie blinzelte.

Das Seil, welches sie an den Stuhl fixiert hatte, fiel zu Boden. Gott sei Dank. Er hatte sie nur losgeschnitten. Lysande atmete auf, aber Nero hob den Dolch augenblicklich wieder in die Höhe.

Im nächsten Moment brach das Inferno los.

*****

8

Serpan blieb beinahe die Luft weg, als Bach und er den Abstellraum stürmten. Nero, der soeben noch über Lysande gebeugt gestanden hatte, fuhr um sie herum und presste doch glatt die Klinge eines großen Dolches gegen ihre Kehle. Der hatte Mut.

Lysandes Augen waren weit aufgerissen, ein dünner Faden Blut lief von ihrer Lippe herab, wo sie sich vermutlich selber gebissen hatte.

„Ein Schritt weiter und sie ist tot." Basti Bach drängelte sich an Serpan vorbei, der wie zum Stein erstarrt dastand.

„Wage es und ich zerschmettere dich eigenhändig, Lucius Domitius Ahenobarbus." Nero hob zur Antwort den Dolch von Lysandes Hals und richtete die Spitze auf das Herz des Musikers. Innerhalb eines Augenblickes hatte sein Gesicht eine purpurrote Farbe angenommen. Er pumpte sich förmlich auf.

„Niemand nennt mich ungestraft bei diesem Namen." Nero warf sich in die Brust, allerdings ohne den Dolch von Bachs Brust zu nehmen.

„Ich bin Nero Claudius Caesar Augustus Germanicus und niemand anderes." Kaum hatte er den Namen ausgesprochen, lag er auch bereits flach, wie eine gefallene Statue bei römischen Ausgrabungen, am Boden. Serpan drehte dem Kaiser die Arme auf den Rücken, während Lysande dessen Kopf mit dem Fuß auf dem Boden fixierte.

Bach hatte ihn mit dem Knie genau dort erwischt, wo Lysande bereits gute Vorarbeit geleistet hatte.

Nur Sekunden später fand sich Nero genauso verpackt auf dem Stuhl wieder, wie es bis vor kurzem Lysande gewesen war. Während Serpan das Sicherheitsteam und die Polizei per Handy zur Kammer dirigierte, zog Basti die schlotternde Tänzerin an sich. Er murmelte unverständliche Worte in ihr Haar, welche Lysande augenscheinlich beruhigten. Serpan legte auf und wandte sich mit blitzenden Augen Nero zu.

„Sag mal, bist du jetzt endgültig durchgeknallt? Entführst hier eine der Unseren?"

Seine Wut grenzte ans Unermessliche. Er fasste schnell an eines seiner Ohren um zu testen, ob nicht sogar Qualm aufstieg. Denn das wäre absolut schlecht für sein inneres, kristallines Gefüge. Aber alles war in Ordnung. Während Basti Lysande aus der Tür führte, stürmte Baso von Hohenfels, gefolgt von zwei Polizisten herein, die völlig entrüstete Museumschefin auf den Fersen.

Die kleingewachsene Frau baute sich vor dem Imperator des römischen Reiches mit in die Seiten gestemmten Fäusten auf. Serpan hätte in diesem Moment auf keinen Fall mit Nero tauschen wollen.

Was der Chefin an Körpergröße fehlte, machte sie an Autorität und Stimmgewalt dreimal wett.

„Bist du des Wahnsinns? Hast du auch nur den Ansatz einer Ahnung, was der Scheiß hier kostet? Und welchen Aufwand wir hier so kurz vor den Festtagen aufbringen mussten? Das wird ein gewaltiges Nachspiel haben, nicht mehr so verehrter Kaiser." Sie trat zurück und winkte einem Beamten von der Behörde, die für die steinerne Bruderschaft zuständig war. Vor einigen Jahren hatte diese ein Büro für die sogenannte belebte Kunst eröffnet, unter deren Zuständigkeit Gemälde, Statuen und andere künstlerische Lebensformen fielen, die nicht den Gargoyles zugeordnet werden konnten.

Der Herr vom Amt, der in seiner schmucken Uniform eine eindrucksvolle Gestalt abgab, wandte sich mit gestrenger Miene Baso und Serpan zu.

„Bitte verlassen Sie den Raum schnellstmöglich und alle Wesen die dieser Behörde unterstehen, nehmen Sie bitte mit. Weisen Sie bitte auch alle Wesenheiten an, das Stockwerk in den nächsten zehn Minuten zu meiden."

Baso nickte und beugte sich vor, um Lysande auf seine Arme zu heben. Aber überrascht stellte nicht nur Serpan fest, dass die Tänzerin bereits, an Basti Bachs schmale Brust gepresst, von diesem zur Tür herausgetragen wurde.

Der Meister plante offenbar, endlich Nägel mit Köpfen zu machen. Serpan gönnte ihm das größtmögliche Glück von ganzem Herzen. Im Gegensatz zu ihm schienen die beiden echte Gefühle miteinander teilen zu können. Und Bach war sowieso an der Reihe, endlich sein Herz zu verschenken. Immerhin sah er seit Ewigkeiten seinem gemalten Ebenbild zu, wie dieses mit der ebenfalls in Öl gemalten Anna Magdalena schäkerte.

Die, nicht nur nach Serpans unwichtiger Meinung, sowieso verwöhnt und hochnäsig im negativen Sinne war.

Da traf Basti es mit Lysande viel besser, die zwar ebenfalls als arrogant galt, welche der Musiker aber offensichtlich schon ewig durchschaut hatte.

Baso schubste Serpan unsanft ins Kreuz, da es ihm nicht schnell genug ging, dass sie aus der Reichweite des Zaubers kamen, den der Beamte jetzt auszusprechen an hub.

Sie hatten gerade die Tür hinter sich zugezogen und den ersten Absatz der Treppe erreicht, als es in der Kammer auch bereits los ging. Die Stimme des Beamten drang mit vibrierender Macht durch die altehrwürdigen Wände, als seien diese aus schlichtem Papier gefertigt worden. Serpan wuchs eine Gänsehaut am ganzen Körper. Er beschleunigte und sprang förmlich die Stufen hinab, immer drei auf einmal nehmend.

„Lucius Domitius Ahenobarbus, späterer Imperator namens Nero Claudius Caesar Augustus Germanicus, heutiger Gipsabguss, genannt Nero, hiermit setze ich dich im Namen der magischen Gemeinschaft und ihrer Gerichtsbarkeiten fest, bis über deine Verbrechen geurteilt werden wird."

Ein Zischen, dass ihnen gefährlich nah kam, ließ Serpan die Beine noch höher in die Hand nehmen. Hinter ihm spurtete auch Baso mit großen Sprüngen die Treppe herab.

Sicher war sicher.

Das Gefühl, wenn man im Körper steckte, ohne sich regen oder auch nur mit den Augen zwinkern zu können, war schrecklich und darauf konnten sie beide gut verzichten.

Auch wenn sie mit dem Anbruch des Tages zu Stein wurden, blieben ihnen doch gewisse Freiheiten, die der Zauber des Amtes allerdings ebenfalls lähmte.

Dieses innere Gefängnis entsprach einer Art Wachkoma bei den Menschen, bei dem der Geist halbwegs aktiv blieb. Wie gesagt, sie waren absolut nicht scharf darauf, dass der Zauber sie erwischte.

*****

9

Lysande glaubte zu träumen, als sie sich von starken Armen beschützt fand und darin geborgen, rasch von ihrem Gefängnis entfernte.

Ein Mann, von dem sie niemals geglaubt hätte, dass er sie überhaupt für mehr als ein lästiges Insekt ansehen könnte, hatte ihr gerade seine Gefühle gestanden und trug sie nun eilends durch die Flure des Zwingers.

Wie ein Reh, dass vom Scheinwerfer angestrahlt wurde, starrte sie in das ihr so vertraute Antlitz Johann Sebastian Bachs und wunderte sich über sich selber. Wie hatte sie den gertenschlanken Gargoyle nur als das Wesen ihrer Träume in Betracht ziehen können, wenn es doch ein gestandenes Mannsbild, dass auch noch ein musikalisches Genie war, gleich einige Säle weiter, gab. Wobei sie ja, wenn sie ehrlich zu sich selber war, schon ewig auf Sebastian stand. Nur hätte sie sich nie und nimmer vorstellen können, dass auch er sich zu ihr hingezogen fühlte.

Nur darum hatte sie sich eingeredet, Serpan vorzuziehen.

Oder so. Vor genau diesem Gefühlschaos hatte sie sich schon ewig gefürchtet und war lieber allein geblieben, als sich ihrem Herzen zu stellen. Und jetzt hatte Bach sie einfach an sich gezogen und ihr seine Gefühle gestanden. Lysande war völlig durcheinander. Der Mann, der in ihren Augen ein Idealbild darstellte, hielt sie fest.

Aber erstmal trug er sie weg von dem durchgeknallten Kaiser, der, wie sie gerade noch gehört hatte, festgesetzt werden sollte, bis über seine Zukunft entschieden werden konnte.

„Du bist in Sicherheit, meine Schöne. Er wird dir nie wieder etwas antun, das schwöre ich dir." Sebastians tiefe, sonore Stimme vibrierte an ihrer Wange. Lysande atmete tief durch, konnte sich des Zitterns aber nicht erwehren, dass auf ihren ganzen Leib übergegriffen hatte. Bach stieß mit dem Fuß eine Tür auf und legte Lysande gleich danach auf einem weich gepolsterten Sofa ab.

Er griff nach ihren Händen und rieb die Gelenke, dort, wo die Spuren der Fesselungen noch deutlich zu sehen waren.

„Es tut mir so leid. Ich hätte mich nie auf ihn einlassen sollen, ich bin an allem schuld, dass dir widerfahren ist. Verzeih mir, meine Liebste."

Wie bitte? Lysande fuhr auf. Oder versuchte es zumindest, denn ihr Kreislauf hatte wohl beschlossen, liegen zu bleiben.

Bach fuhr sich nervös durch die Haare und zerzauste seine wunderbare, barocke Frisur dabei zur völligen Unkenntlichkeit.

„Bitte gewähre mir die Chance., mich zu erklären. Danach darfst du mich hassen, so sehr du magst." Lysande schaffte es mit Sebastians Hilfe, sich aufzusetzen. Diese Geschichte wollte sie nicht als Opfer im Liegen hören. So viel Stolz trug auch sie in sich.

Ihre Augen wurden immer größer, als der Musiker berichtete. Von den Verlockungen eines eigenen Instruments und dem Verrat des verlogenen Imperators. Bis zu seiner Schwindelei am Glockenspiel.

Er ließ nichts aus. Nicht ein Wort.

„Aber du hast dich an der Suche beteiligt, als klar wurde, was Nero da getan hatte?" Er nickte.

„Fast vom ersten Augenblick an. Wie gesagt, es tut mir leid, dass ich deine Rettung anfangs ausgebremst habe, aber ich fürchtete eine harte Strafe, wenn meine Beteiligung an den Missetaten Neros herauskommen würde. Ich wollte aber doch nie, dass dir etwas Ernsthaftes geschieht. Erst, als der Kaiser auch bei Tageslicht verschwand, wurde mir klar, dass Nero vollkommen durchgeknallt ist und echte Gefahr im Verzug war. Um dich ihm zu überlassen bewundere ich dich schon viel zu lange." Sebastian raufte ein weiteres Mal seine Haare. Die Frisur war endgültig hin, dass erkannte Lysande deutlich. Die Restauratoren würden bei seinem Anblick heulen. Bach seufzte, legte die Hände um ihr Gesicht und suchte Lysandes Blick.

„Und nur, damit eines klar ist. Dich bewundere ich, es ist nicht deine Spieluhr, der meine Gefühle gehören, du bist es allein." Lysande konnte, trotz der Angst der vergangenen Stunden, ein Schmunzeln gerade so noch unterdrücken. Ihre Wut war verpufft und sie verstand den Meister nur zu gut. Sehnsüchte konnten den stärksten Mann umhauen.

„Soso. Du stehst also nicht auf die Melodie, die du für deine geliebte Gemahlin einst auswähltest?" Bach wurde knallrot.

„Naja, die ist ein Bonus. Aber mit Anna Magdalena habe ich abgeschlossen. In dieser Existenz bin ich es schon mindestens zwei Jahrhunderte leid, dieser gemalten, hochnäsigen Zimtzicke von nebenan nachzuschmachten. Die hat mit meiner Anna nämlich kaum etwas gemein. Und nur dadurch ist mir klar geworden, dass auch wir belebten Kunstwerke Abbilde unsere ureigenen Gefühle haben und das Gefühlsleben unserer Vorbilder nur ein schwacher Widerhall in unserer Seele ist. Ich möchte dich, Lysande von Meißen und niemanden anders." Sein Blick ähnelte dem eines bettelnden Hundewelpen, als er vor ihr auf die Knie ging, die Hände weiterhin an ihrem Gesicht.

„Glaubst du mir? Und vor allem, kannst du mir verzeihen, dass ich mich auf Neros Plan eingelassen habe?" Lysande schmiegte sich in seinen Griff.

Da gab es nicht viel zu überlegen. Die Wahl fiel ihr ziemlich leicht. Was hatte sie schon zu verlieren, wenn sie ihm nachgab? Ein Dasein in Einsamkeit? Sich weiterhin von den anderen Bewohnern der Säle abgrenzen und die Nase hoch erhoben tragen? Oder jede Nacht mit einer liebenden Seele verbringen, welche nicht nur fast so alt war sie und daher verstand, was vielen anderen Figuren abging, da sie aus anderen Zeitaltern stammten? Jemand, dem etwas an ihr selber lag und nicht am Wert ihres Leibes?

„Wenn du bereit bist, dann würde ich es gern versuchen, Sebastian. Aber ich warne dich. Ich bin eigen." Bach zog sie in atemberaubender Geschwindigkeit in seine Arme.

„Du wirst es nicht bereuen, Liebste. Ich weiß, dass du eine Frau bist, die schon damals ihrer Zeit voraus war, ebenso wie meine Anna einst." Lysande holte Luft.

„Stopp." Sebastian schob sie so weit von sich, dass er ihr ins Gesicht blicken konnte.

„Ich werde dich nicht an ihr messen. Sie war die Frau meines Vorbildes. Daher stehe ich wohl auf starke, selbstbewusste Weibsbilder. Mehr nicht. Glaubst du mir?"

Sie nickte und zog ihn zu sich auf das Sofa.

Die Tür schlug auf.

„Bäh. Sucht euch ein Zimmer."

„Was glaubst du, was wir gemacht haben? Sitzen wir in einer Eingangshalle, oder was? Siehst du hier irgendwo ein Kassenhäuschen?" Lysande verdrehte die Augen über Serpans verwirrte Miene.

„Klapp den Mund zu, Steinerner." Sebastian erhob sich und zog Lysande mit sich, die er aber fest im Arm behielt. Serpans Augen leuchteten auf.

„Also hat sie dir vergeben? Du hast ihr doch alles gebeichtet, oder sollte ich das tun?" Lysande schmiegte sich an Bach.

„Er hat und ich bin beinahe froh über die Entführung. Sonst hätte der blöde Kerl es wohl nie gewagt, mir seine

Gefühle zu gestehen. Die ich im Übrigen erwidere, Schlangengargoyle."

„Na den Göttern sei Dank. Ich habe schon befürchtet, dass du deiner Schwärmerei für mich immer noch nachhängst." Auch wenn er eine Zeit lang selber ein klitzekleines bisschen für sie geschwärmt hatte.

„Du wusstest davon und hast nie etwas gesagt?" Lysande beobachtete, wie es Serpan schüttelte.

„Nein, denn ich bin offenbar was solche Dinge betrifft, ein Feigling. Ich hätte dir schon ewig sagen sollen, dass du absolut nicht mein Typ bist." Oder so.

Sebastian kicherte leise, bevor er sich zu Lysande wandte.

„Mein Freund steht seit neuestem eher auf den windigen Typ Weib. Wobei er dich bis vor kurzem gewiss nicht von der Bettkante geschubst hätte, Liebste. Aber da hätte er sich dann mit mir anlegen müssen." Wow. Der Gargoyle wurde augenblicklich knallrot. Dass sie das noch erleben durfte, ein Steinerner, dem etwas peinlich war.

„Basti Bach. Wenn du so weiter machst, dann muss ich dich fordern." Lysande lachte auf. Das wurde ja immer schöner.

„Spart euch den Stuss. Soso, du stehst also auf eine Windsbraut? Kenne ich sie?" Zu ihrer Freude färbte sich Serpans Antlitz nun fast purpurfarben.

„Lass ihn in Ruhe, Lysande. Ich glaube, er hat es ihr noch nicht gesagt. Aber davon abgesehen, was willst du hier?"

*****

97

10

„Ich soll euch holen, ihr Turteltäubchen. Nero wurde erfolgreich festgesetzt, jetzt geht es ans Eingemachte. Ihr sollt aussagen, bevor die Nacht zu Ende geht. Und du, Lysande, sollst noch flink zur medizinischen und restauratorischen Untersuchung gehen. Es steht noch jede Menge organisatorischer Kram an. Also, sputet euch."

Serpan wandte sich von den offensichtlich Jungverliebten ab und stiefelte voran, bis sie den Bürotrakt erreichten, in welchem sich schon alle von Rang und Namen versammelt hatten.

Neros Statue war nicht zu sehen, denn den hatte man in der Kammer unter dem Dach belassen, bis über dessen Zukunft endgültig beschieden wurde. Aber die Mitarbeiterin, die ihm zur Hand gegangen war, saß mit gesenktem Kopf an einem Tisch im Konferenzraum. Baso und die Herren vom Amt hatten diese in der vergangenen halben Stunde aufs peinlichste befragt.

„Da seid ihr ja endlich. Ist alles okay mit dir, Lysande?" Baso trat um den Tisch herum und musterte diese von Kopf bis Fuß. Lysande nickte. Serpan sah, wie Basos Blick, ebenso wie der aller anderen Anwesenden, an den miteinander verschränkten Händen des neuen Pärchens hängenblieb.

Er nickte Basti zu, der breit grinsend auf dem ihm zugewiesenen Platz neben seiner Liebsten Platz nahm. Die Chefin reichte Serpan ein ausgedrucktes Blatt.

Wow. Das war nicht wirklich vorhersehbar gewesen.

„Sie ist in den Kaiser verliebt? Wirklich?" Die Mitarbeiterin, welche, wenn er sich nicht täuschte, Rosi hieß, nickte. Tränen rollten ihr übers Gesicht.

„Er sagte, dass er mich auf ein echtes Date einladen würde, wenn ich ihm vorher zur Seite stand, während er dieses eingebildete Miststück von der Bildfläche verschwinden ließ. Er behauptete, dass sie dafür gesorgt hätte, dass ihm die anderen Belebten keine Achtung entgegenbrächten. Ihm, dem wundervollen Nero. So ein schöner Mann. Ich dachte, es könne etwas aus uns werden. Nie und nimmer konnte ich mir vorstellen, dass er stattdessen sie wollte. Die ist doch kalt wie Stahl im Februar." Rosi oder wie auch immer, deutete mit dem Kinn auf Lysande.

„Die hat meinen Nero doch gar nicht verdient." Baso verdrehte hinter ihr die Augen, bevor er sich ihr zuneigte.

„Nicht Lysande hat Nero entführt, meine Beste. Dein Imperator hat sie gefangen gehalten und wollte sie für sich gefügig machen. Und du hast ihm dabei geholfen. Das macht dich zur Täterin. Du bist eine Entführerin und wirst dementsprechend bestraft werden!"

„Niemals! Das ist alles eine infame Unterstellung!" Rosi fuhr auf, was die beiden Beamten von der Strafverfolgung auf den Plan rief. Blitzschnell trug sie zwei Handschellen, deren Ketten diese mit den Beamten verbanden. Serpan unterdrückte ein Grinsen. Offenbar glaubten die Männer, dass doppelt besser hielt.

99

„Wir nehmen sie jetzt mit und stellen sie dem verantwortlichen Arzt vor. Baso, stellen Sie bitte sicher, dass sich immer ein Wachmann vor dem Raum aufhält, indem der Festgesetzte steht?" Baso von Hohenstein neigte den Kopf. Wenn er etwas zusagte, dass wusste hier jeder, dann konnte man sich darauf verlassen.

Es war wörtlich in Stein gemeißelt.

„Lysande, glaubst du, dass du zur Restauration musst oder ist alles an deiner Tagesform noch unverletzt?" Lysande erhob sich und deutete auf ihren mit zarter Spitze besetzten Rock. An einem Volant hing ein Fädchen herab.

„Es gibt einen kleinen Abplatzer hier an der Seite, aber der dürfte den Besuchern nicht auffallen. Ich denke es genügt, wenn dieser im neuen Jahr hergerichtet wird."

„Gut." Die Chefin klatschte in die Hände.

„Weitere Entscheidungen werden wir in den nächsten Tagen fällen. Für jetzt bitte ich alle an ihre Plätze. Die letzten beiden Tage vor dem Fest werden bestimmt noch einmal hektisch. Die Herren Gargoyles sorgen bitte dafür, dass zum Tagesanbruch jeder an dem Platz ist, der ihm zugewiesen wurde. Ich brauche dringend eine Mütze Schlaf und noch ein paar Geschenke."

*****

11

Mit der aufziehenden Morgendämmerung war das Museum endlich wieder in dem Zustand, den die menschlichen Mitarbeiter, und vor allem die Gäste, erwarten durften. Jeder befand sich an seinem Platz. Nur auf dem Podest der Gipsstatue des Kaisers war ein Aufsteller platziert worden, der ihn als neueste Dauerleihgabe an ein kleines Dorfmuseum in der Nähe des Bodensees auswies.

Dort hatten Schatzsucher erst kürzlich Reste einer römischen Siedlung entdeckt. Die Gipsstatue sollte das daraufhin provisorisch umgeräumte Museum als vorläufiges Highlight zieren.

Jedenfalls hatte sich Serpans Gefüge noch nicht völlig versteift, als er auch schon eingeschlafen war. Wenn die anderen Gargoyles nur halb so fertig waren wie er, dann benötigte der Zwinger vielleicht hin und wieder doch einige klassische Überwachungskameras mehr. Die wenigen, die das Gelände im Blick hielten, waren bislang nur an Stellen aufgehangen worden, die kein Gargoyle überschauen konnte.

Gefühlte Minuten später kitzelte ihm etwas penetrant an den Nasenlöchern. Als Schlange, die sich um eine Regenrinne wandt, waren diese, neben seinem nur dünn beschuppten Bauch, seine sensibelsten Stellen.

Was immer ihn da nervte, es war penetrant und gemein. Denn in dieser Form war er nicht wirklich in der Lage, zu niesen. Immerhin hatte seine Natternform kein Zwerchfell.

Und außerdem ließ sein derzeitiges Gefüge es auch nicht zu. Oder hatte jemand schon mal einen niesenden Stein gesehen? Serpan blies die Luft, die in seinen Lungen war, soweit es ihm möglich war, kraftvoll aus, um die Ursache des schier unerträglichen Reizes zu entfernen. Mit einem Zischen trieb der Luftstrom jedes Sandkorn, dass im Nachtzustand der ein oder andere Popel gewesen wäre, aus seinen Nasenlöchern. Es kicherte leise, als es um ihn dunkel wurde.

Die Windsbraut. Serpan hätte es wissen müssen, denn sonst wagte es nicht einmal eine Spinne, ihn zu ärgern. Er streckte sich und griff nach dem sturmgrauen Mantel, den Luise ihm breit grinsend reichte. Sie hatte wieder ihre Künste spielen lassen und ein Zelt aus einer riesigen schwarzen Folie so errichtet, dass es aussah, als ob sich eine davongewehte Plane am Dachvorsprung verfangen hätte.

Gerade breitete sie einige Decken auf den kalten Ziegeln aus.

„Frau Holle wurde unterrichtet, dass ihr den Übeltäter dingfest gemacht habt." Serpan nickte.

„Du hattest recht. Es war einer von uns. Der, auf den du hinwiesest." Er schüttelte, nach wie vor fassungslos, den Kopf.

„Niemals war damit zu rechnen gewesen. Aber ohne eure Hilfe wären wir dem Imperator nie so schnell auf die Schliche gekommen. Der Zwinger, und ich im Besonderen, danken von ganzem Herzen." Luise neigte den Kopf.

„Gut. Das werde ich ausrichten. Dann zum nächsten Punkt." Sie ließ sich neben Serpan fallen.

„Ab sofort bin ich privat hier zu Gast. Und als Gast habe ich Ansprüche anzumelden." Mit Schwung warf sie sich gegen Serpan, der so überrascht von ihrem Überfall war, dass er rücklings umfiel. Luise, die auf ihm zu liegen kam, hob die Hand und strich ihm einige Fusseln der grob gewebten Decke aus dem Gesicht.

„Ich will nicht lange um den heißen Brei herumreden, Serpan vom Zwinger. Du fielst mir zuerst ins Auge, als das Dach gerichtet war und ihr Gargoyles einzogt. Seitdem hoffe ich alljährlich darauf, dass wir, was ja selten genug geschieht, bei Tag fliegen und ich dich zumindest aus der Ferne sehen darf. Nicht nur einmal habe ich vermehrte Runden um die Bauten gedreht, um dich nächtens durch eines der wunderbar großen Fenster zu begaffen. Meine Chefin ist schon seit Ewigkeiten genervt von meiner Schwärmerei. Ich will dich und muss wissen, ob du mir auch geneigt sein könntest."

Wow. Das war ja mal eine Ansprache. Und zwar eine ganz nach seinem Geschmack.

„Ob ich dich will? Ist der Winter kalt? Klar. Luise Windsbraut, du bist die faszinierendste Frau auf dieser Erde. Das behaupte ich aus Überzeugung, obwohl ich dich erst einige Tage kenne. Du schaffst es, dass sich mein Gefüge verschiebt und sogar unter Tageslicht mein Herz schlägt. Ich würde dich nur zu gern zu der meinen machen. Aber" Serpan setzte sich mit Luise im Arm auf.

103

„Wie soll das gehen? Du machst mir hier eine Hoffnung, die doch sehr trügerisch scheint. Ich, der ich an mein Dach gebunden bin, werde dich nicht begleiten können, Windsbraut. Du bist ein Wesen der Lüfte, ich des Steins, des festen Bodens, unfähig zu reisen. Nenn mir eine Lösung, die kein Zermahlen zu flugfähigem Staub beinhaltet, und ich bin dabei." Luise schmiegte sich an seine Brust.

„Es ist ganz einfach, Serpan. Etwas einseitig, wenn man es genau betrachtet, aber simpel. Allerdings müsstest du mir Vertrauen. Kannst du das?" Sie spielte mit den Volants an ihrem mittelalterlichen Radmantel, den sie windsmäßig flatterfähig aufgepeppt hatte.

Serpan erkannte, dass sie Angst vor seiner Reaktion hatte. Eine Luise, die unsicher war? Das kam unerwartet. Er zog sie dichter an sich und legte das Kinn auf ihrem blonden Scheitel ab.

„So einfach wie du glauben magst, wird es gewiss nicht. Wir haben beide eigene Köpfe und stammen aus unterschiedlichen Sphären. Vermutlich wird es nicht nur einmal zwischen uns krachen. Aber wenn du wirklich an ein Gelingen glaubst, dann lass es uns probieren. Versprich mir nur, dass du nicht auf jedem Dach einen Mann hast, der auf dich wartet." Luise schnaubte.

„Du spinnst ja total, wenn du daran auch nur ansatzweise glaubst. Ich stehe in Frau Holles Diensten. Kannst du dir etwa vorstellen, da würde ich auch nur daran denken, mich solcherart unmoralisch zu verhalten? Die Chefin würde mich schneller in alle Winde verstreuen, als du zwinkern könntest. Meine Überreste flögen als Aschewölkchen, die niemand jemals wieder zusammen zu puzzeln in der Lage wäre. Außerdem will ich nur dich und keinen anderen. Hast du mir nicht zugehört? Der Wunsch ist nicht neu. Ich habe Ewigkeiten auf diese Chance gewartet."

Serpan schloss die Augen, während er durchschnaufte. Sollte gerade er, ein schlichter Gargoyle, der auch noch in Schlangenform geschaffen worden war, so viel Schwein haben, die tollste Frau auf dem Planeten abzubekommen? Obwohl er auch in seiner Nachtform eine Glatze trug und auf den ersten Blick alles andere als muskulös und kraftstrotzend erschien? Warum eigentlich nicht.

Er drehte Luise in seinen Armen und senkte den Mund auf ihren. Ein Gargoyle nahm jede Herausforderung an. Und eine solche erst recht.

*****

12

Lysande konnte es kaum erwarten, die Reaktion Bastis auf ihr ganz persönliches Geschenk an ihn zu sehen.

Der verflixte Weihnachtsabend hatte ewig auf sich warten lassen. Bis kurz vor der Schließzeit waren noch zahlreiche Familien mit Kindern durch die Säle geschlendert. Den Gesprächen nach hatten die Mütter oder Großmütter die Banden aus dem Haus geworfen, um die letzten Vorbereitungen fürs Fest ohne störende Händchen oder blödes Rumgefrotzel zu erledigen. Daher hatte das Hauptaugenmerk der Gäste dieses Mal auf dem physikalischen Kabinett gelegen, wo sich immer etwas bewegte, quietschte oder ratterte. Durch die Porzellansammlung waren die Kinder hingegen zügig durchgeführt worden, wohl aus Angst, dass so kurz vor dem Fest noch etwas kaputt gemacht werden könnte.

In mehreren Salons des Zwingers hatten die Mitarbeiter am gestrigen Tage eindrucksvolle Weihnachtsbäume aufgestellt und mit kostbarem, teilweise antikem, Schmuck behangen. Aus Gründen des Brandschutzes wurden die Bäume aber leider nur von elektrischen Kerzen zum Leuchten gebracht. Das war etwas, dass Lysande an früheren Festen geliebt hatte. Den Duft nach Reisig, Gewürzen und Bienenwachskerzen. Außerdem gab eine echte Flamme ein viel schöneres Licht ab. Aber das war egal.

Zum ersten Mal seit vielen Jahren hatte sie mehrere Geschenke besorgt, die nicht nur aus Pflichtgefühl unter den Bäumen standen. Sie war so vielen Wesen dankbar, dass sogar sie jetzt glücklich sein durfte. Da gab es Päckchen mit den unterschiedlichsten Dingen. So hatte eine der Restauratorinnen in ihrem Auftrag das seit einhundertfünfzig Jahren verschollene Kind einer Figurengruppe auf Ebay gefunden, es gab Naschwerk und Schmuck und handgeflochtene Kränze für die Bronzen. Aber das wichtigste Geschenk würde erst nach dem abendlichen Läuten der vielen Glocken Dresdens in den dafür vorgesehenen Saal gebracht werden.

Endlich war es 18 Uhr und die Tore des Zwingers schlossen sich für den Heiligen Abend.

Die Fenster nach draußen wurden abgehängt, Jalousien heruntergelassen und die Lichter wieder angeschaltet. Freudige Geschäftigkeit brandete an allen Orten auf. Man schob Tische zu Tafeln zusammen, Gestecke wurden darauf verteilt und edles Geschirr aufgelegt.

Irgendwo stritt ein Pärchen aus vollem Halse, ein Glas flog gegen eine Wand und zerschellte in tausende glitzernde Scherben. Also, es war alles normal. Wie jedes Jahr.

Dann erklang es laut durch die Räume und alle Wesen verstummten in tiefer Ehrfurcht vor dem alten Fest, dessen Wurzeln lange vor der Ankunft des Christentums lagen.

Wie seit Jahren üblich, spielte die Museumsleitung die Aufzeichnung der Christvesper aus der Frauenkirche ein.

Die Glocken schlugen und der Gesang setzte ein. Andreas Hammerschmidts Motette „Machet die Tore weit" eröffnete auch im Museum die Weihnachtsfeierlichkeiten. Alle lauschten gebannt der Predigt und Teilen von Bastis Weihnachtsoratorium, in dessen Genuss die Gemeinschaft bereits bei einem Adventskonzert hier im Zwinger gekommen waren.

Lysande schmiegte sich an die Seite ihres Bachs am Tisch im Skulpturensaal und beobachtete durch die weit offenstehenden Türen, wie die Familie Bach aus der Gemäldegalerie sich leise stritt. Der pausbäckige Ganymed greinte leise vor sich hin, bis der Adler ihn in den bereitstehenden Kinderstuhl fallen ließ. Lilly, das Schokoladenmädchen, goss dem Buben Kakao in die Tasse. Breit grinsend leerte Ganymed diese und gab endlich Ruhe. Sein Adler landete auf einem aus Ästen gefertigten provisorischen Horst und sortierte einige dort bereit liegende Pakete.

Bei „Oh Jesulein zart", einem Bach'schen Werk, verstummten auch die letzten Stimmen und jeglicher Streit wich der Andacht und dem Rückblick auf das vergangene Jahr. Als die Lesungen gehört, die Worte der Pfarrerin gesagt und vernommen waren, der Gottesdienst mit „Oh du Fröhliche" zu Ende ging, machte sich festliche Betriebsamkeit bemerkbar.

Die Kinder waren bereits während der ersten Strophe des bekannten Weihnachtsliedes aufgesprungen und stürmten zu den Bäumen.

Auch die Erwachsenen, die noch den abschließenden Glockenklang abgewartet hatten, beteiligten sich gleich darauf am jährlichen Geschenkeauspackwahnsinn. Leise begleitet von den alten Weisen, die zum Weihnachtsfest gehörten.

Auch vor Lysande fand sich ein erstaunlich großer Stapel an Päckchen ein. Anstatt auszupacken, beobachtete sie mit Tränen in den Augen, wie Familie Jäger aus Meißen schluchzend ihren bis dato verloren geglaubten Sohn in die Arme schloss und ihr Basti sein neues antikes Cembalo streichelte.

Beinahe hätte sie auf ein unbelebtes Objekt eifersüchtig werden können. Das Instrument hatte seinen Platz dort gefunden, wo vor Kurzem noch Nero auf seinem Podest thronte. Nach Lysandes Meinung, war die Nische im Saal so viel besser ausgenutzt und alle Bewohner der Sammlung schienen sich für ihren Schatz zu freuen.

Das Essen wurde aufgetragen und Lysande erhob sich von ihrem Platz. Während ihre Tischnachbarn fröhlich kicherten, verdrehte sie die Augen.

„Basti. Wir wollen endlich essen. Das Instrument läuft dir nicht weg. Es ist nur für dich im Saal."

„Aber der Bach aus der Gemäldegalerie schaut echt gierig drein. Der will es bestimmt mit Beschlag belegen, sobald ich aufstehe. Und Telemann guckt auch schon so. Nein, ich bleibe. Guck, der Händel reibt sich auch schon die Finger aus lauter Vorfreude." Lysande schmunzelte, ebenso wie alle im Umfeld.

„Wir werden es verteidigen. Und du kannst ja ab morgen Leihgebühren nehmen, damit die anderen auch mal dürfen. Heute ist das Cembalo nur für dich da, Liebster."

„Und ich habe es nur dir zu verdanken, mein Engel. Ich danke dir." Während Lysande Basti zu seinem Platz führte, drückte dieser ihr einen dicken Schmatzer auf die Wange. Widerwillig nahm er artig an der Tafel Platz.

Draußen wehte ein weiterer Wintersturm um die Ecken, pfiff durch Torbögen und ruckelte an den Fenstern, während drinnen Besteck und Geschirr klirrten, es nach Braten, Gemüsen und Klößen duftete und Kinder lachend um die Tische jagten.

*****

13

Schmunzelnd drückten Luise und Serpan die Nasen an einer der Scheiben zum Skulpturensaal platt. Die Freude des Musikers und seiner Tänzerin war sogar durch die Fenster fast greifbar. Das Paar plauderte gerade angeregt mit Georg Friedrich Händel und August dem Starken.

Natürlich gab es auch für Serpan und Luise Plätze an den Tischen und auch sie hatten dort drinnen im warmen Saal ausführlich gespeist.

Aber anders als die meisten Bewohner des Zwingers waren die Gargoyles gern gesehene Gäste auf der Frauenkirche und daher waren sie gerade unterwegs zur Andacht der Christnacht. Luise hatte die Erlaubnis bekommen, den Gottesdienst für den viel jüngeren Gottessohn mit der steinernen Bruderschaft zu feiern und zu genießen.

Sie durfte ausnahmsweise den eigenen Feierlichkeiten der wilden Jagd zu den Raunächten für diese Nacht fernbleiben. Aber Frau Holle war sowieso toleranter als viele der Religionsführer der aktuellen Epoche.

Es gab sogar einen katholischen Priester in ihrem Gefolge, sowie einige Juden und eine muslimische Dschinn.

Auf dem Kuppeldach herrschte bereits einiger Andrang, als sie endlich heraufkamen. Die steinerne Bruderschaft vergab alljährlich feste Plätze hier oben, um dem ansonsten unausweichbaren Streit der Steinernen vorzubeugen.

Baso und die anderen Gargoyles vom Zwinger saßen schon gemeinsam vor einem der Fenster, die tagsüber das Licht in die Kuppel leiteten. Serpans Platz war noch frei.

Ein gestreng ausschauender Ordner überprüfte seinen Ausweis, als er sich mit Luise niederließ. Der Windsbraut war kein eigener Sitzplatz zugewiesen worden, daher zog Serpan sie auf seinen Schoß.

Neben Baso lag, auf einer Decke, Zerbera. Die Höllenhündin liebte Orgelmusik über alles. Nur für sie gab es zur Christnacht eine Sonderregelung, die den Gargoyles vom Zwinger erlaubte, die Hündin aufs Dach zu schaffen. Im Inneren der Kirche herrschte dagegen striktes Betretungs- und Schnüffelverbot für Zerbera. Wobei Serpan die Vorstellung schon gefiele, eine Höllenhündin ins Gotteshaus zu schmuggeln.

Eng aneinandergeschmiegt lauschten Serpan und Luise auf Choräle, besinnliche Worte und die gewaltige Musik aus der Orgel, die den Bauch sogar hier droben herrlich kribbeln ließ. Als der Wunsch nach Frieden die Andacht schloss, war sogar im Inneren Luises eine tiefe Ruhe eingekehrt.

Zurück auf dem Kronentor allerdings, planten sie ihre ganz eigene Feier. Mit echten Kerzen in großen Windlichtern, Decken und Tannengrün, dass vom Kreislauf der Natur zeugte, von der Wiederauferstehung des Sonnenlichts und der Liebe aller Geister der Ewigkeiten.

Stürmisch wie die Jagd schenkten sie sich eine ganze Nacht Lust und Liebe, bis der trübe Morgen des ersten Weihnachtstages beide wieder an ihre Plätze rief.

Dieses Fest hatte Serpan und Luise, da war er sich ganz sicher, etwas Großes geschenkt, dass für den Rest ihrer Existenz anhalten würde. Bis dass der Sturm sie von ihren Plätzen riss.

Tief unter ihnen hielt Sebastian Bach ein letztes Mal seine Lysande im Arm, bis auch er sie an ihren Platz geleitete, um danach ungeduldig den Anbruch der nächsten Nacht zu erwarten.

*****

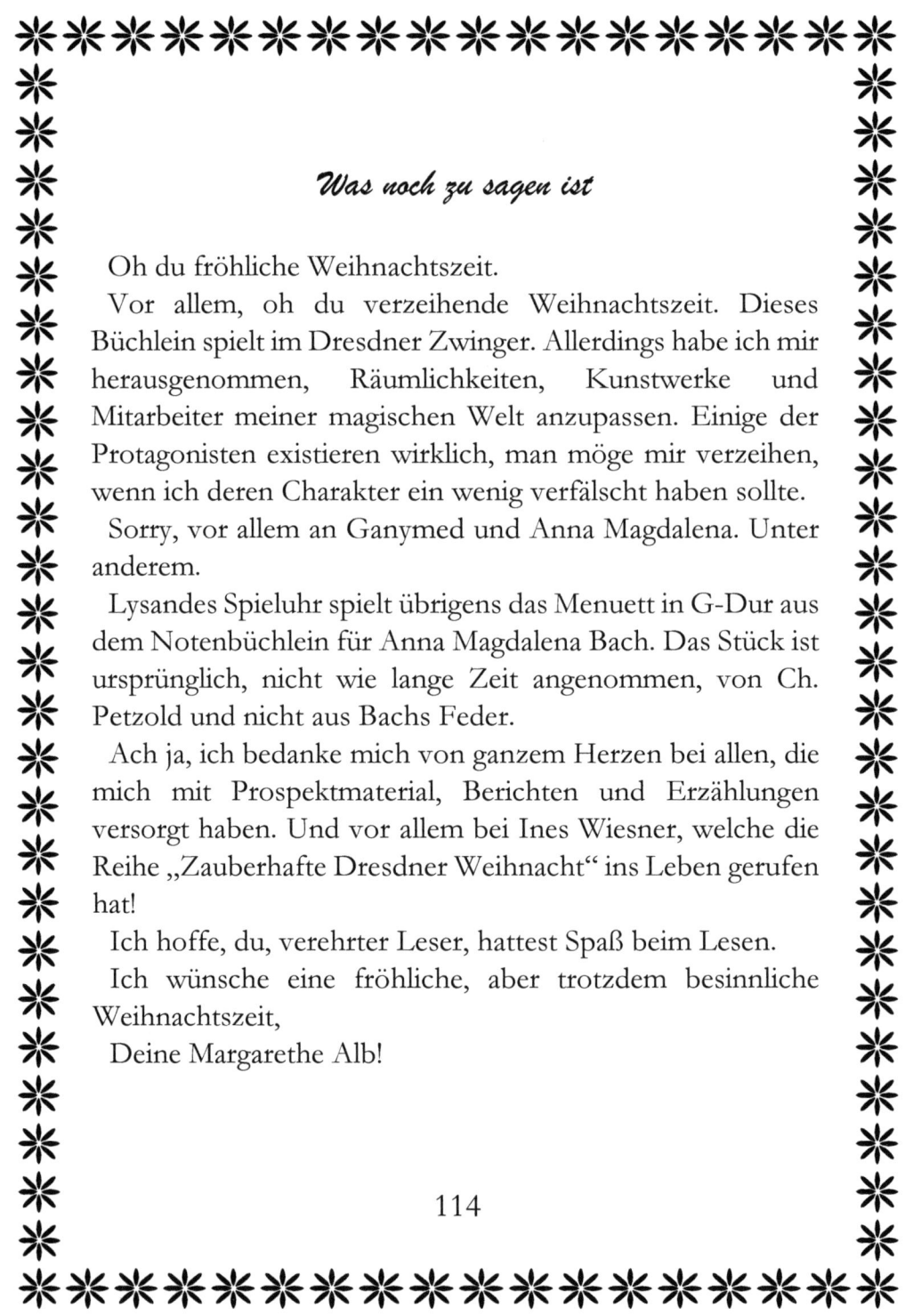

Was noch zu sagen ist

Oh du fröhliche Weihnachtszeit.

Vor allem, oh du verzeihende Weihnachtszeit. Dieses Büchlein spielt im Dresdner Zwinger. Allerdings habe ich mir herausgenommen, Räumlichkeiten, Kunstwerke und Mitarbeiter meiner magischen Welt anzupassen. Einige der Protagonisten existieren wirklich, man möge mir verzeihen, wenn ich deren Charakter ein wenig verfälscht haben sollte.

Sorry, vor allem an Ganymed und Anna Magdalena. Unter anderem.

Lysandes Spieluhr spielt übrigens das Menuett in G-Dur aus dem Notenbüchlein für Anna Magdalena Bach. Das Stück ist ursprünglich, nicht wie lange Zeit angenommen, von Ch. Petzold und nicht aus Bachs Feder.

Ach ja, ich bedanke mich von ganzem Herzen bei allen, die mich mit Prospektmaterial, Berichten und Erzählungen versorgt haben. Und vor allem bei Ines Wiesner, welche die Reihe „Zauberhafte Dresdner Weihnacht" ins Leben gerufen hat!

Ich hoffe, du, verehrter Leser, hattest Spaß beim Lesen.

Ich wünsche eine fröhliche, aber trotzdem besinnliche Weihnachtszeit,

Deine Margarethe Alb!

Eine Dilogie besteht nicht nur aus einem Buch

Neben meiner Geschichte
„Wie der Kaiser im Porzellanladen"
wird es in diesem Jahr noch
„Tilly - Eine Fee zu Weihnachten"
von Denise Bormann in unserer Dilogie, geben.

Tilly - Eine Fee zu Weihnachten

Julja ist erst vor Kurzem nach Dresden gezogen. Hier will sie, nicht nur beruflich, neu durchstarten. Doch das ist schwerer, als sie sich das vorgestellt hat.

An Tagen, an denen sie sich nicht so gut fühlt, kommen Kindheitserinnerungen wieder hoch. Mehr und mehr drängt sich Tilly in ihr Bewusstsein. Sollte sie ihre kleine Feenfreundin, die seit vielen Jahren im heimischen Keller lagert, wieder in ihr Leben lassen?

Nach einem Anruf bei ihren Eltern in der alten Heimat macht sich Tilly auf die Reise in die sächsische Landeshauptstadt.

Ob sie Julja helfen kann?

116